KB123707

사르트르의 『문학이란 무엇인가』 읽기

세창명저산책_046

사르트르의 『문학이란 무엇인가』 읽기

초판 1쇄 인쇄 2016년 8월 20일
초판 1쇄 발행 2016년 8월 25일
_
지은이 변광배
펴낸이 이방원
기획위원 원당희
편집 김민균·김명희·이윤석·안효희·강윤경·윤원진
디자인 손경화·박선옥
마케팅 최성수
_
펴낸곳 세창미디어
출판신고 2013년 1월 4일 제312-2013-000002호
주소 03735 서울시 서대문구 경기대로 88 냉천빌딩 4층
전화 02-723-8660   팩스 02-720-4579
이메일 sc1992@empal.com   홈페이지 http://www.sechangpub.co.kr/
_
ISBN 978-89-5586-443-4 03860

정가 7,000원

이 도서의 국립중앙도서관 출판시도서목록(CIP)은 서지정보유통지원시스템 홈페이지(http://seoji.nl.go.kr)와
국가자료공동목록시스템(http://www.nl.go.kr/kolisnet)에서 이용하실 수 있습니다. CIP제어번호: CIP2016019433

_ 이미지 출처: http://www.flickr.com/photos/government_press_office/6470403371/
        (http://www.flickr.com/people/69061470@N05)

세창명저산책_046

변광배 지음

사르트르의 『문학이란 무엇인가』 읽기

세창미디어
MEDIA

머리말

    이 책은 이른바 '참여문학론théorie de la littérature engagée'의 경전經典으로 평가받고 있는 사르트르의 『문학이란 무엇인가 Qu'est-ce que la littérature?』에 대한 입문적 안내서이다. 『문학이란 무엇인가』에는 '서론'에 해당하는 짧은 글과 「쓴다는 것은 무엇인가Qu'est-ce qu'écrire?」, 「왜 쓰는가Pourquoi écrire?」, 「누구를 위해 쓰는가Pour qui écrit-on?」, 「1947년 작가의 상황Situation de l'écrivain en 1947」 등 네 편의 글이 포함되어 있다.[01] 이 책에서는 위의 네 편의 글 가운데 특히 앞에 실린 두 편의 글을 중심으로 문학이 가진 여러 기능 중 사회적 기능을 체계적으로 이론화했다는 평가를 받고 있는 사르트르의 참여문학론이 갖는 의의와 한계를 살펴보고자 한다. 이처럼 이 책에서 특히 앞쪽에 실린 두 편의 글에 주목하는 것은 이 두 편의 글에서 사르트르의 참여문학론의 본령인 '독자를 위한 문학'과 '독자에 의한 문학'이라는 두 축의 개요가 가장 명료하게 드러나고 있다고 판단되기 때문이다. 물론 그 과정에서 뒤쪽에 실린 두 편의 글도 필요한 경우 참고하게 될 것이다.

　제2차 세계대전을 계기로 사르트르의 지적 여정에 큰 변화가 있었다는 점은 잘 알려져 있다. 전쟁 전 사르트르의 관심사는 개인으로서의 인간 이해에 집중되어 있었다. "나는 인간을 이해하려는 정열을 가졌다J'ai la passion de comprendre l'homme"라는 원대한 목표를 사회적·역사적 맥락이 고려되지 않은 단독자로서의 개인에 초점을 맞추고 구현하고자 했던 것이다. 그 결과가 집대성된 것이 바로 1943년에 출간된 『존재와 무L'Etre et le néant』이다. "현상학적 존재론 시론essai d'ontologie phénoménologique"이라는 부제가 붙은 이 책에서 사르트르는 존재Etre를 세 영역으로 구분하고, 그것들 사이의 존재론적 관계를 현상학적으로 기술하고 있다. 그 세 영역은 의식conscience을 가진 인간을 가리키는 대자존재l'être-pour-soi, 의식을 가지고 있지 않은 사물을 가리키는 즉자존재l'être-en-soi, 그리고 인간의 영역에서 '나'와 쌍생아적으로 이 세계에 출현하는 ('타자'를 가리키는) 대타존재l'être-pour-autrui이다.

　하지만 『존재와 무』에서 사르트르가 조망하고 있는 인간에겐 역사를 형성하고 또 그 역사로부터 영향을 받는 모습, 그리고 역사 형성의 또 다른 주체이기도 한 집단의 한 구성원으로서의 모습이 반영되어 있지 않다. 이와 같은 인간의 모습은 1938년에 출간된 『구토La Nausée』의 주인공인 로캉탱Roquentin에게 잘 투영되어 있다. 사르트르가 20세기 프랑스의 대표적 소설가 중 한 명인 셀린L.-F. Céline의 작품에서 가져와 『구토』의 제사題詞로 사용하고 있는 다음 문장은 이런 사실을 극명하게 보여 준다. "그는 공동체로 보아서는 별 중요성이 없는, 다만 한 명의 개인일 따름이다."

하지만 제2차 세계대전을 계기로 사르트르의 사유는 급변한다. 사르트르는 스스로 이렇게 말하고 있다. "내 인생에서 가장 분명하게 드러나는 것, 그것은 거의 완전히 다른 두 시기를 만들어 놓은 단절이 있었다는 것이다. 그것은 전쟁 전과 그 이후의 단절인데, 현재 두 번째 시기에 몸담고 있는 나로서는 첫 번째 시기의 내가 나 자신이 아닌 것처럼 생각될 정도이다." 이와 같은 단절은 사르트르 자신에 의해 '개종改宗, conversion'으로 규정될 정도로 급격한 것이었다. 그로 인해 흔히 제2차 세계대전 이전의 사르트르와 제2차 세계대전 이후의 사르트르, 곧 "두 명의 사르트르deux Sartre"가 있다는 견해도 있으며, 전쟁 전후로 그의 사유 사이에 이른바 '인식론적 단절rupture épistémologique'이 있다고 주장하는 연구자들도 없지 않다. 어쨌든 제2차 세계대전이 사르트르의 지적 여정에서 결정적 전환점이 되었다는 점은 분명한 것처럼 보인다.

이와 같은 사르트르의 개종은 크게 보아 '사회적 존재l'être social'로서 인간의 모습에 대한 발견으로 요약된다. 인간은 고립된 단독자로서의 개인이 아니라 사회, 역사적 지평에 서 있는 구체적 존재라는 것이다. 이처럼 인간을 사회, 역사적 지평에 서 있는 존재로 파악하고, 그가 다른 인간들과 함께 어떻게 역사를 형성하고, 그 과정에서 역사로부터 어떤 영향을 받는가, 역사는 가지적可知的, intelligible인가, 역사를 지배하는 법칙은 무엇인가 등의 문제를 천착하고 있는 것이 바로 『변증법적 이성비판 Critique de la raison dialectique』이다. 사르트르의 후기 사상이 집대성된 이 저서는 1960년에 출간되고 두 권으로 이루어져 있으나 미완의 상태로 남아 있다.

이와 같은 사르트르의 지적 여정과 관련하여 한 가지 흥

미로운 점은 바로 이 책의 주요 내용을 구성하는 『문학이
란 무엇인가』 역시 이런 변화 과정과 무관하지 않다는 점이
다. 실제로 사르트르는 제2차 세계대전 전에 문학의 목표
를 주로 개인의 구원救援, salut에 두고 있다. 사르트르가 『구
토』의 로캉탱을 통해 제시하고 있는 문학의 '종교성religiosité'
이 그것이다. 사르트르에게 문학은 종교적 구원의 '대체물
ersatz'로 이해되었다. 하지만 제2차 세계대전을 계기로 사르
트르의 문학에 대한 생각에도 큰 변화가 발생한다. 그 변화
의 주된 내용이 바로 참여문학론으로 구체화된다.

　참여문학론의 주된 내용은 크게 다음과 같이 세 가지로
요약될 수 있다. 첫째, 자기가 몸담고 있는 사회가 유토피
아가 아니라는 사실에 대한 작가의 자각이다. 둘째, 작가
는 현재 그가 살고 있는 사회와 무관하지 않다는 사실이다.
세 번째, 따라서 작가는 이런 사회의 현실에 대해 책임이
있다는 것이다. 이와 같은 책임의식으로 무장하고서 작가
는 그가 살고 있는 사회를 유토피아로 만드는 것을 저해하
는 요소들을 자신의 '쓰기 행위l'acte d'écrire'를 통해 드러내고
démontrer, 고발하고dénoncer 나아가 이 사회를 변화시키는 것

changer, 이것이 바로 사르트르가 『문학이란 무엇인가』에서 제시하고 있는 참여문학론의 요체라고 할 수 있다. 요컨대 작가는 그 자신의 쓰기 행위에 배태된 '부정성négativité'과 '이의제기contestation' 능력, 또한 그것이 가진 '불온한 성격'을 통해 그가 살고 있는 사회를 추문화醜聞化시키고, 이를 통해 그가 몸담고 있는 사회의 자기반성 역량을 극대화하려고 한다. 바로 이 점이 『문학이란 무엇인가』에서 제시되고 있는 참여문학론의 주요 과제라고 할 수 있다.

『문학이란 무엇인가』가 쓰인 시기는 프랑스가 독일의 침략에서 해방된 1945년 직후였다. 사르트르는 이렇게 말한다. "문학작품이란 바나나와 같이 그 자리에서 소비되어야 한다." 이 문장에 담긴 의미 중 하나는 문학작품에 동시대의 시대정신l'esprit de l'époque이 구현되어 있는 만큼, 이 작품의 해석과 이해를 위해 이 작품이 쓰인 시대와 상황을 고려해야 하는 필요성에 대한 강조일 것이다. 그렇다면 이 문장은 『문학이란 무엇인가』에도 그대로 적용되는가? 이 문제는 『문학이란 무엇인가』에서 전개되고 있는 사르트르의 참여문학론의 현대적 의의를 묻는 질문에 다름 아니다. 사르트르의 이름과 더불어 참여문학론이 주창된 것은 지금으로부터 70년 전의 일이다. 보다 더 나은 사회를 건설하기 위한 작가의 노력을 감안한다면, 분명 그가 몸담고 있는 사회는 유토피아에 가까운 사회가 되어 있어야 당연할 것이다. 하지만 과연 그런가?

이 질문 앞에서 우리는 자신 있게 '그렇다'라고 대답할 수 있을까? 우리가 현재 몸담고 있는 사회는 '문학'이 필요하지 않은 사회가 아니라 오히려 '문학', 그것도 '참여적 성격을 띤 문학'이 더 필요한 사회가 아닐까? 사르트르에 의하면 문학은 궁극적으로 유토피아 사회에서는 그 존재이유를 잃게 될 것이다. 하지만 우리는 문학이 필요한 사회, 예전처럼 문학을 마음 놓고 권하지는 못하지만 그래도 문학이 여전히 필요한 사회에서 살고 있다. 70여 년 전에 쓰인 『문학이란 무엇인가』를 읽을 ―엄밀한 의미에서는 다시 읽을[02]― 이유가 있다면, 그것은 분명 우리가 삶을 영위하고 있는 사회의 모습이 여전히 '지옥 enfer'[03]을 방불케 한다는 사실일 것이다.

사실 1982년에 포스트모던 영문학자 레슬리 피들러 Leslie

A. Fiedler는 전자 매체와 영상시대의 도래와 더불어 과거 이 세계의 입법자 역할을 했던 문학, 목을 매달아 죽어도 좋다고 여겨졌던 문학의 쇠퇴를 염려하면서 과거형으로 『문학이란 무엇이었던가What was a Literature?』라는 제목의 책을 집필한 바 있다. 사르트르가 "문학이란 무엇인가?"라는 질문을 현재형으로 던진 1948년으로부터 불과 34년이 지난 후, 문학은 이처럼 한물 지난 과거의 유물 취급을 당하고 있다. 하지만 만일 우리가 삶을 영위하는 사회가 여전히 문학이 필요한 사회라면, 사르트르가 했던 것처럼 "문학이란 무엇인가?"라는 질문을 현재형으로 다시 던져야 하는 필요성은 거의 당위에 가깝다고 할 수 있다.

『문학이란 무엇인가』를 읽어야 할 또 하나의 이유는 이 저서에 대한 일종의 몰이해에서 찾아볼 수 있다. 실제로 이 저서는 국문학사적 시각에서 1960-70년대에 벌어졌던 그 유명한 '순수-참여문학 논쟁'의 핵심에 놓여 있었다. 참여 진영에 속한 자들은 자신들의 주장을 합리화하기 위해 이 저서를 원용했다. 반대로 순수 진영에 속한 자들은 그들 나름대로 자신들의 입장을 정당화하기 위해 이 저서를 주된 공격 목표로 삼았다. 하지만 과연 사르트르 전공자들 사이에서도 어렵기로 정평이 난 이 저서가 과연 순수-참여문학 논쟁이 발발했던 당시에 제대로 이해되었을까 하는 의문이 강하게 남는다. 그도 그럴 것이 이 저서에는 순수-참여문학에 해당되는 내용이 동시에 포함되어 있기 때문이다. 더군다나 이 저서에는 "쓴다는 것은 주는 것이다", "예술은 타자를 위한, 타자에 의한 예술밖에 없다", "쓴다는 것은 호소이다" 등과 같이 비의적인 문장들에 포함된 '증여don', '호소appel', '관용générosité' 등과 개념들은 물론이거니와 '관용의 계약pacte de générosité' 등과 같은 생소하고도 난해한 개념들이 즐비하다.

물론 사르트르는 『문학이란 무엇인가』보다 앞서 출간된 『존재와 무』에서 이와 같은 개념들에 대해 단편적으로 논의하긴 한다. 하지만 이 개념들에 대한 본격적인 논의를 위해 『도덕을 위한 노트Cahiers pour une morale』라고 하는 또 한 권의 사르트르의 주저의 출간을 기다려야만 했다. 그런데 이 저서는 사르트르가 세상을 떠난 후인 1983년에야 비로소 유고집으로 출간되었을 뿐이다. 게다가 이 저서는 『존재와 무』[04]가 쓰인 1943년과 『문학이란 무엇인가』에 실린 네 편의 글과 거의 비슷한 시기에 쓰인 것으로 알려져 있다. 따라서 『문학이란 무엇인가』에 대한 이해에서 중요한 위치를 점하고 있는 것으로 보이는, 방금 위에서 나열한 몇몇 문장들과 개념들에 대한 충분한 의미 파악을 위해서는 반드시 『도덕을 위한 노트』를 참고해야 한다. 그럼에도 불구하고 1960-70년대에 있었던 순수-참여문학 논쟁에서는 시간상으로 보아 1983년에 출간된 『도덕을 위한 노트』를 참고할 수 있는 가능성이 전무했다. 정확히 이런 이유로 『도덕을 위한 노트』를 참고로 해서 『문학이란 무엇인가』를 읽는 작업은 사르트르의 참여문학론의 이론적 근거를 종합적으로 이해할 수 있는 기회임과 동시에 이와 같은 이해를 바탕으로 순수-참여문학 논쟁에 대한 재평가의 필요성과 그 구체적 방향을 제시할 수 있는 기회라고 할 수 있다.

『문학이란 무엇인가』를 읽어야 하는 또 다른 하나의 이유는 이 저서에서 볼 수 있는 현대문학이론과 관련된 여러 측면에 대한 사르트르의 선구자적 혜안에서 찾아볼 수 있다. 『문학이란 무엇인가』에서 다뤄지고 있는 작가-독자의 변증법적 협력 관계, 문학이 갖는 파괴적 기능, 기존 체계에 대한 이의제기의 필요성은 각각 후일 바르트R. Barthes에 의해 전개되는 저자의 죽음과 독자의 소생, 그리고 이저W. Iser 와 야우스H. R. Jauss 등의 독일 학자들에 의해 전개되었던 독자 중심의 수용미학이론, 들뢰즈G. Deleuze와 과타리F. Guattari에 의해 주창된 '소수문학littérature mineure론', 또한 라캉J. Lacan 과 지젝S. Zizek 등에 의해 지적되고 있는 상징계le symbolique의 질서에 균열, 틈을 파생시키는 실재계le réel의 잉여적 범람을 가져옴으로써 체계système가 가지는 "전체가 아님pas tout; not-all"이라는 특징의 부각 등과 무관하지 않은 것으로 보인다. 거기에다 『문학이란 무엇인가』에서 행해지고 있는 '시'와 '산문'의 구분 역시 '쓰기' 동사의 자동사성과 타동사성, 이 동사의 의사소통 가능성communicabilité과 의사소통 불가능성incommunicabilité과의 연관성, '지식서사écrivant'와 '작가écrivain'의 구별 등과 무관하지 않은 것으로 보인다.

이 책에서 사르트르의 『문학이란 무엇인가』를 읽으면서 특히 이 저서의 앞부분에 놓여 있는 세 편의 글, 즉 「쓴다는 것은 무엇인가」, 「왜 쓰는가」, 「누구를 위해 쓰는가」를 따라간다. 또 각각의 글이 갖는 의미와 그 연관 관계에 주목하면서 첫째, 참여문학론의 의의는 무엇이고 그 의의는 이 저서가 집필된 지 70년이 지난 지금에도 여전히 유효한지의 여부를 살펴보고, 둘째, 이 참여문학론의 현대적 의의와 한계를 탐사하고자 한다. 이제 『문학이란 무엇인가』 읽기의 대장정을 시작해 보자.

| CONTENTS |

1장
쓴다는 것은 무엇인가

1. 《현대》지 창간사

얼마나 어리석은 객담들인가! 조급하게 읽고 잘못 읽고 또 미처 이해하기도 전에 판단하려 하기 때문이다. 그러니 이야기를 처음부터 시작하자. 이런 일은 당신들에게도 내게도 즐거운 일이 아니다. 그러나 되새길 수밖에는 없다. 그리고 비평가들이 문학의 이름으로 나를 단죄斷罪하는 이상, 그들에 대한 최상의 대답은 글쓰기의 예술을 편견 없이 검토해 보는 것이다. 쓴다는 것은 무엇인가? 왜 쓰는가? 누구를 위해 쓰는가? 사실, 아무도 이런 물음을 스스로 제기해 본 일이 없었

던 것 같다.[05]

여기에 인용된 대목은 『문학이란 무엇인가』[06]의 '서론'에 해당하는 2쪽짜리 짧은 글의 마지막 부분이다. 이 부분에는 사르트르가 『문학이란 무엇인가』를 쓰게 된 직접적인 동기가 나타나 있다. 그것은 사르트르가 '당신들'과 '그들'로 지칭하고 있는 자들로부터 호된 공격을 당하고, 급기야는 문학의 이름으로 단죄를 당한 것에 대한 적극적인 대응으로 보인다.

실제로 사르트르는 위의 인용문 바로 앞부분에서 '당신들'과 '그들'로부터 어떤 내용의 공격을 받고 단죄를 당했는지를 몇 가지 사안으로 압축해서 제시하고 있다. 첫째, 사르트르가 문학적 참여를 정치적 참여와 같은 것으로 보았으며, 그로 인해 문학의 살해를 야기할 수 있는 위험한 주장을 했다는 것이다. 둘째, 사르트르가 사후의 영광을 등한시했다는 것이다. 셋째, 사르트르가 소설과는 다른 시, 음악, 회화 등과 같은 예술 장르들 역시 참여시키려고 했다는 것이다. 넷째, 그렇게 함으로써 결국 사르트르가 사회적 리

얼리즘을 옹호하는 태도를 보였다는 것이다.

그렇다면 사르트르는 대체 어디에서 이와 같은 주장을 했을까? 이 질문에 대한 답이 바로 《현대》지의 창간사이다. 사르트르는 제2차 세계대전 직후 프랑스의 정신적 재건을 겨냥하면서 보부아르, 메를로퐁티 M. Merleau-Ponty, 카뮈 A. Camus, 아롱 R. Aron 등과 함께 1945년에 《현대》지를 창간하면서 이 잡지가 나아갈 방향을 제시하는 글을 썼다. 이 글이 그 유명한 「《현대》지 창간사」이고, 『상황, II』의 맨 앞에 실려 있다. 흔히 『문학이란 무엇인가』를 참여문학론의 경전이라고 하지만, 어쩌면 이 문학론을 가장 잘 요약하고 있는 글은 「《현대》지 창간사」라고도 할 수 있다.

그렇다고 「《현대》지 창간사」가 그냥 하늘에서 뚝 떨어진 것은 아니다. 이 글이 쓰이기 전에 이미 사르트르는 여러 차례에 걸쳐 '참여'의 필요성과 당위성을 강조했다. 그 대표적인 글이 바로 1946년 9월에 쓰인 「자기 시대를 위해 쓰기 Ecrire pour son époque」[07]와 같은 해 11월 1일에 소르본에서 했던 UNESCO 창립 기념 강연인 「작가의 책임 La responsabilité de l'écrivain」[08]이다. 실제로 이 두 글은 「《현대》지의 창간사」를 그대로 축약해서 보여 주고 있다고 해도 과언이 아니다.[09] 하지만 여기서는 「《현대》지의 창간사」를 중심으로 사르트르가 내세우고 있는 참여문학론의 강령을 간단하게 살펴보고자 한다. 그렇게 함으로써 『문학이란 무엇인가』의 '서론'에 해당하는 짧은 글에서 볼 수 있는 이 저서의 집필 동기를 보다 더 자세하게 이해할 수 있을 것이다.

「《현대》지 창간사」에서 볼 수 있는 핵심 주제 중 문학에 관련된 부분은 크게 다음 세 가지로 간추려 볼 수 있다. 프랑스의 문학 전통과 작가들에 비판, 참여문학론의 지향점, 그리고 문학의 '종합적 인간학anthropologie synthétique' 정립에 대한 기여 가능성과 당위성이 그것이다. 사르트르는 「《현대》지 창간사」를 통해 무엇보다도 전통적으로 프랑스 작가들이 자신들을 비非시간적 존재로 여김으로써 그들이 몸담고 있는 '현재' 사회와의 관계에서 "무책임성irresponsabilité"의 유혹에 빠져들었다는 비판을 하고 있다.[10] 하지만 작가는 시간적으로 '현재'에 살고 있으며, 공간적으로는 그가 살고 있는 사회 '외부dehors'가 아니라 '내부dedans'에 살고 있다는 것이 사르트르의 주장이다. 따라서 작가, 특히 유산계급

출신 작가는 마치 허리를 굽혀 신발 끈을 매듯 무산계급에 속하는 사람들을 위에서 '굽어 se penhcr' 볼 수 없다는 것이다. 그러니까 작가는 '공중에 en l'air' 있는 것이 아니라 그가 몸담고 있는 사회라는 상황에 "연루되어 있는 dans le coup" 것이다. 요컨대 작가는 "상황 속에 en situation"에 있고, 그와 동시대를 사는 다른 사람들과 같은 배를 '타고 있다 embarqué'고 할 수 있다.

하지만 「《현대》지 창간사」에서 사르트르의 주장은 거기에서 멈추지 않는다. 사르트르는 위와 같은 작가의 위치에서 출발해서 작가의 책임에 대해 거론하고 있다. 지금까지 대부분의 프랑스 작가들은 그들이 처해 있는 상황을 망각하고, 오히려 자신들을 예언자, 저주받은 자, '문인 homme de lettres' 등의 전문가로 자처하면서, 점차 "예술을 위한 예술", "사후의 영광" 등을 내세우면서 그들이 몸담고 있는 현실의 불행을 외면함은 물론, 자신들에게 주어진 책임을 회피해 왔다는 것이 사르트르의 일관된 주장이다. 그로부터 출발해서 사르트르는 참여 작가가 외면해서는 안 되는 본질적인 임무를 제시하기에 이른다. 그것이 바로 이 작가가 살고 있는 시대를 '꽉 껴안는 것embrasser étroitement'이다. 그러니까 참여 작가는 그가 살고 있는 동시대와 관련된 것을 하나도 놓치지 않으려는 태도를 취하면서 그가 몸담고 있는 사회에 "변화"를 일으켜야 하는 것이다. "요컨대 우리의 의도는 우리를 둘러싸고 있는 사회에 어떤 변화를 일으키도록 힘을 모으려는 데 있다." 이것이 사르트르의 참여문학론을 관통하는 가장 중요한 강령이다.

그런데 사르트르는 참여 작가의 임무로 이와 같은 사회 여건의 변화에 또 하나의 임무를 더하고 있다. 그것이 바로 인간이 자기 자신에 대해 가지고 있는 개념의 변화이다. "우리는 인간의 사회적 조건과 인간이 스스로에 대해 가지고 있는 개념을 동시에 개조하고자 하는 사람들의 편에 서 있다." 사르트르에 따르면 부르주아 작가들은 의식적으로 또는 무의식적으로 자신들의 출신 계급이 중요시하는 정신, 곧 '분석정신l'esprit de l'analyse'의 희생자이자 옹호자를 자처하고 있다고 주장한다. 사실 이 분석정신은 과거 그들이 귀족계급의 억압을 받고 있을 때는 이 계급을 타파는 중요한 무기였다. 하지만 프랑스대혁명 이후 부르주아계급이 지배계급이 되고 난 뒤에 이 분석정신은 이 계급을 지키는 데 유용한 "방어용 무기arme défensive"가 되어 버렸다는 것이 사르트르의 주장이다.

「《현대》지 창간사」에서 사르트르는 이제 이와 같은 분석정신을 타파의 대상으로 삼고 있다. 이 분석정신에 의하면, 인간은 "완두콩 통조림에 들어 있는 한 알의 완두콩에 불과한 것"으로 여겨진다. 그러니까 이 인간은 그가 가진 "절대적 존재"로서의 위상, 즉 그가 몸담고 있는 세계를 '전체적으로totalement'[11] 파악할 수 있는 능력을 상실한 채, 그저 '전체'를 구성하는 하나의 '부분'에 불과한 것으로 이해된다. 다시 말해 그는 그저 사회라는 총체l'ensemble에서 다른 인간들과 교환 가능한, 따라서 그만의 특이성과 개별성을 상실해 버린 하나의 도구적이고 기계적인 부품으로 인식되기에 이르는 것이다.

사르트르는 정확히 《현대》지는 물론이거니와 참여문학이 분석정신에 입각해 이루어진 인간에 대한 이와 같은 인식을 불식시키고, 인간을 "전체tout"로 보는 이른바 "종합적 인간학"의 수립에 일정 부분 기여를 할 수 있고 또 해야 한다고 주장하고 있다. 물론 이와 같은 인간학에서 가장 중요한 요소는 "인간이 자유 이외의 다른 것이 아니다"라는 사실에 대한 각성과 그런 자유를 바탕으로 이루어지는 인간의 모든 행동, 곧 선택에는 '책임'이 따른다는 사실에 대한 각성이다. 이렇게 해서 작가는 인간들 각자가 자유를 향유하고, 독립적이고 자율적인 판단에 따라 행동하고, 거기에 따르는 책임을 지는 "전체적 인간homme total"의 출현, 곧 인간의 "해방"을 최종 목표로 삼아야 한다는 것이 사르트르의 주장이다.

이와 같이 우리는 분석정신을 배격하고 현실에 대한 종합적 개념을 지지하려는 것인데, 그 원칙은 하나의 전체란 그것이 어떤 것이든 간에 부분의 총화와는 다르다는 점에 있다. … 한 인간은 이 땅의 전부이다. 그는 모든 곳에 존재하고 모든 곳에서 행동한다. … 우리의 잡지는 종합적 인간학을 위해서 미력을 바치고자 한다. … 우리가 스스로 정한 원대한 목표는 일종의 '해방'이다. 인간이란 하나의 전체인 이상 다만 투표권을 부여하고 인간을 구성하는 다른 요소는 불문에 부

치는 일이 있어서는 안 된다. 인간은 총체적으로 해방되어야
한다.[12]

이상이 「《현대》지 창간사」에서 볼 수 있는 사르트르의 참
여문학론의 주요 강령이다.[13] 그리고 앞에서 지적한 것처
럼, 이와 같은 내용을 가진 강령이 발표되자 『문학이란 무
엇인가』의 '서론'에 해당하는 짧은 글에서 '당신들'과 '그들'
이라고 지칭된 자들의 사르트르에 대한 공격과 단죄가 이
루어졌고, 그는 이에 적극적으로 대응하고자 했던 것이다.
그리고 이와 같은 대응의 결과가 바로 '문학이란 무엇인
가?'라는 제목 하에 포함된 네 편의 글, 곧 「쓴다는 것은 무
엇인가」, 「왜 쓰는가」, 「누구를 위해 쓰는가」, 「1947년 작가
의 상황」이다.

2. 문학과 다른 예술 장르의 구별

『문학이란 무엇인가』의 첫 번째 글은 '서론' 격의 짧은 글
바로 뒤에 놓인 「쓴다는 것은 무엇인가」이다. 29쪽에 불과

한 이 글은 현대문학이론의 한 페이지를 장식했다고 할 수 있을 정도로 풍부한 내용을 담고 있는 것으로 여겨진다. 이 글에서 사르트르는 다음과 같이 크게 두 가지 주제를 심도 있게 다루고 있다. 하나는 문학의 본질로서의 '쓰기 écrire' 행위의 의미 탐구이고, 다른 하나는 이 행위를 공유하고 있는 '시 poésie'와 '산문 prose'의 차이를 규정하면서 참여문학의 범위를 산문으로 국한하는 작업이다. 여기서는 편의상 두 번째 주제부터 살펴보기로 한다.

사르트르는 「쓴다는 것은 무엇인가」라는 글을 통해 참여문학론의 대상을 '산문'으로 한정시키고자 한다. 「《현대》지 창간사」를 통해 참여문학론의 강령을 제시한 후, 사르트르는 시를 포함한 모든 문학 장르와 회화, 음악 등과 같은 다른 예술 장르들의 참여 가능성과 당위성을 주장했다는 비난과 공격을 받았다. 이와 같은 비난과 공격에 대해 사르트르는 회화와 음악 등과 같은 다른 예술 장르와 시의 참여 가능성과 당위성을 배제하고 있다.

사르트르는 먼저 '언어'를 사용하는 문학[14]과 '색채'나 '음조'를 각각 질료로 삼고 있는 회화나 음악 사이의 동류성同

類性, parallélisme을 부정한다. 그러면서 회화나 음악 등과 같은 예술 장르들을 문학과 같이 참여시키는 것, "적어도 같은 방법으로" 참여시키려고 하지 않는다는 점을 명백히 밝히고 있다.

아니다. 우리는 회화와 조각과 음악도 '역시 참여시키려는' 것이 아니다. 적어도 같은 방법으로 참여시키려는 것은 아니다. 도대체 우리가 왜 그러기를 바라겠는가?[15]

그렇다면 사르트르가 이처럼 참여를 문학에만 국한시키고, 회화나 음악 등과 같은 다른 예술 장르로 확대하기를 바라지 않는 이유는 무엇일까? 그 답은 이들 예술 장르의 질료인 언어, 색채, 음조 등의 근본적인 차이에 있는 것으로 보인다. 사르트르는 문학의 질료인 언어를 '기호signe'로 보는 대신, 색채나 음조 등은 '사물chose'로 보고 있다. '기호'의 특징 중 하나는 외부에 있는 어떤 것과의 관련 속에서 해석될 수 있다는 점에 있다. 다시 말해 기호가 무엇을 의미하는지를 알기 위해서는 그것이 지시하는 대상이 있어야 한다. 이에 반해 회화나 음악의 기본 질료인 색채나 음조는 아무것도 지향하지 않으며, 그것들 자체로 그냥 '존재하는'[16] '사물'로 여겨진다. 그 결과 색채와 소리를 가지고 작업하는 것과 말로 표현하는 것은 전혀 다른 일이 된다.

그렇다면 문학의 질료인 언어가 '기호'인 데 반해 회화와 음악의 질료인 색채와 음조가 각각 '사물'이라는 것은 무엇을 의미하는가? 이 질문에 답하기 위해 사르트르의 사유 안에 머물면서 '사물'의 특징을 살펴보도록 하자. 사르트르에 의하면 우연히 이 세계에 존재하게 된 사물은 그 자체로 부족함이 없는 존재, 다른 사물들과 공존하면서도 그것들과 외재적인 관계만을 맺는 존재로 여겨진다. 또한 사물은 "불투명성_opacité"을 가진 존재로 여겨진다.[17] 따라서 이것이 어떤 의미를 가지려면 인간의 '의식'이라고 하는 빛이 그것에 가닿는 것이 요구된다. 다시 말해 이 사물이 인간 의식의 지향성_intentionnalité의 대상이 되어야 하는 것이다. 그러기 전에 이 사물은 그냥 아무런 이유 없이 그냥 '거기에 존재하는_être là' 것으로 이해된다.

회화나 음악의 질료인 색채나 음조가 기호가 아니라 사

물이라는 말은 정확히 그것들이 즉자의 방식으로 존재한다는 것을 의미하는 것으로 보인다. 그러니까 색채나 음조만으로는 아무것도 의미하지 않고, 그 어떤 것도 가리키지 않은 상태로 그냥 화폭이나 악보 위에 있는 것이다. 가령 화폭 위에 있는 색채 하나하나는 그냥 사물일 뿐, 이 색채를 화폭에 있게끔 한 화가의 감정, 기분, 의지, 즉 그의 영혼, 주체성의 완전한 지배하에 있지 않게 된다. 또한 이와 같은 사실은 여러 색채가 결합된 경우도 마찬가지이다. 물론 화가는 그의 감정, 기분, 의지 등, 곧 그의 영혼이나 주관성을 여러 색과 결합해 표현할 수도 있을 것이다. 하지만 사르트르는 이 경우에도 표현된 대상이 '사물'이라는 점을 강조하고 있다.

하지만 엄밀히 말하자면, 색채나 음조는 '순수 사물'이 아니다. 이 세계에서 완전한 우연성의 지배를 받고 있는 '순수 사물'과는 달리, 어쨌든 회화나 음악의 질료인 색채나 음조는 화가나 음악가의 자유에 의해 선택되었다는 사실, 즉 그들 각자의 영혼이나 주체성의 작용이 가미되어 있다는 사실이 결코 부인될 수 없다. 하지만 사르트르는 색채나 음조의 경우, 또 그것들이 결합한 경우에도, 거기에는 화가나 음악가의 사유와 감정 등이 색채나 음조와 "엉겨 붙어 agglutiné" "깊은 미분화 une indifférence profonde" 상태에 있다는 것이다. 요컨대 회화나 음악의 질료인 색채나 음조는 '순수 사물'은 아니지만, 그것과 거의 유사하다는 것이 사르트르의 주장이다.

지금까지 우리가 예술적 창조의 요소들 자체를 두고 한 이야기는 그 요소들의 결합에 관해서도 똑같이 할 수 있다. 화가는 그의 캔버스에 기호를 그리려는 것이 아니라 하나의 사물을 창조하려는 것이다. 그가 붉은색과 노란색과 초록색을 함께 칠할 때, 그 집합체가 어떤 분명한 의미를 지녀야 할 이유, 다시 말해서 어떤 다른 물체를 또렷이 지시해야 할 이유는 전혀 없다. 하기야 그 집합체에도 어떤 영혼이 깃들어 있기는 할 것이다. 그리고 화가가 보라색이 아니라 노란색을 택한 데에는, 비록 감추어진 것일망정 어떤 동기가 있을 테니까, 이렇게 창조된 물체는 그 화가의 가장 깊은 경향을 반영하고 있다고도 주장할 수 있을 것이다. 그러나 그 물체들

이 화가의 분노나 고뇌나 기쁨을, 말이나 얼굴의 표정처럼 나타내는 것은 결코 아니다.[18]

사르트르는 틴토레토Tintoreto의 〈찢겨진 하늘〉이라는 제목의 그림을 예로 들면서 여러 색채의 결합에 의해 표현되는 대상이 결국 '사물' 그 자체라는 사실을 설명하고 있다.

가령 틴토레토는 골고다의 상공에 노랗게 찢긴 자리를 만들어 놓았는데, 그가 그렇게 한 것은 고뇌를 '의미하기' 위해서도 고뇌를 '환기하기' 위해서도 아니다. 그 찢긴 자리는 그 '자체'가 고뇌이며 또 동시에 노란 하늘이다. 그것은 고뇌를 나타내는 하늘도 고뇌에 싸인 하늘도 아니다. 그것은 사물화된 고뇌, 하늘의 노랗게 찢긴 자리로 되어 버린 고뇌이다. 그래서 사물의 고유한 성질에 의해서, 즉 사물의 불침투성과 그 연장과 그 맹목적인 영속성과 외재성에 의해서, 그리고 사물이 다른 사물들과 맺는 무한한 관계에 의해서, 짓눌리고 끈적끈적하게 반죽된 고뇌이다. 달리 말하자면 그 고뇌는 사물의 성질상 표현할 수 없는 것을 표현하려고 하다

가 항상 하늘과 땅 사이에서 정지되는 엄청나고 헛된 노력
과 같다.[19]

사르트르에 의하면 화가는 이처럼 자기가 그린 그림 속
에서 여러 색채의 결합에 의해 표현된 대상을 '사물'로 제시
할 뿐, 그 이상을 제시하지 않는다. 하지만 작가의 경우는
상황이 전혀 다르다. 작가는 자기 작품 속에서 다 쓰러져
가는 오두막집을 묘사함으로써 독자를 안내하고, 이 독자
의 눈물샘이나 분노를 자극할 수도 있다. 물론 화가도 화폭
에 여러 색채와 형태를 동원하여 다 쓰러져 가는 오두막집
을 그려 넣을 수도 있다. 그렇다고 해서 이 화가가 이 오두
막집을 통해 그의 그림을 감상하는 사람들의 분노나 눈물
샘을 자극하는 것은 아니다. 이 오두막집을 화폭에 그린 화
가는 "말이 없다muet"는 것이 사르트르의 주장이다. 이 화가
는 다만 하나의 오두막집을 "보여 줄 따름이다. 그것이 전
부이다. 그것을 어떻게 생각하느냐 하는 것은 보는 사람의
자유이다." 이와 같은 추론을 바탕으로 사르트르는 화가나
음악가에게 참여를 요구하는 것이 불가능하다고 주장한다.

화가의 자비심이나 분노는 다른 대상들을 만들어 낼 수도 있
으리라는 것을 나는 의심치 않는다. 그러나 그 경우에도 감
정은 여전히 대상 속으로 녹아들어 이름 없는 것이 되고 말
것이며, 우리 눈앞에 남는 것은 오직 정체불명의 영혼이 깃
들인 사물들뿐일 것이다. 우리는 의미를 그림으로 그릴 수
도, 음악으로 꾸밀 수도 없는 것이다. 그런 이상 누가 감히
화가나 음악가에게 참여하기를 요구할 수 있다는 말인가?[20]

3. 시와 산문의 구별

사르트르는 「쓴다는 것은 무엇인가」에서 이처럼 문학의
질료인 언어와 화화나 음악과 같은 다른 예술 장르들의 질
료인 색채나 음조 등이 갖는 본질적인 차이를 바탕으로 각
장르의 참여 가능성과 불가능성을 구분하고 있다. 그런 다
음 언어를 질료로 삼는 문학의 두 주요 장르인 '시'와 '산문'
을 구별하면서 문학의 참여 가능성을 '산문'에 국한시키는
작업을 한다. 사르트르에 의하면 시인과 산문가 사이에는
종이 위에 "글씨를 쓰는 손의 움직임을 제외하고는 아무런

공통점도 없다." 그렇다면 시와 산문은 어떤 점에서 구별되는 걸까?

우리는 앞에서 문학과 회화나 음악 등의 다른 예술 장르를 구분하면서 '문학'이 '언어를 사용한다'는 표현을 폐기 처분하게 될 것이라는 점을 지적한 바 있다. 그런데 사르트르는 시의 언어와 산문의 언어를 엄밀하게 구분한다. 사르트르에 의하면 산문은 "기호의 왕국"이며, 시는 "회화, 조각, 음악과 같은 편이다." 그러니까 산문의 언어는 '기호'인 반면, 시의 언어는 '사물'에 가깝다. 시인과 산문가가 각각 언어를 대하는 자세는 근본적으로 다를 수밖에 없고, 따라서 시를 참여시키는 것은 불가능하다는 것이 사르트르의 주장이다.

다른 한편으로 비평가들은 의기양양하게 이렇게 말한다. "적어도 당신은 시를 참여시킬 생각은 꿈에도 하지 못할 것이다." 과연 그렇다. 도대체 내가 왜 그런 생각을 하겠는가? 시 역시 산문과 같이 말을 사용한다고 해서 그런 생각을 하겠는가? 그러나 시는 산문과 똑같은 방식으로 말을 사용하는 것이 아니다. 심지어 시는 말을 '사용하는' 것이 결코 아니라고 말할 수 있다. 그보다는 차라리 시는 말을 섬긴다고 하고 싶다. 시인은 언어를 '사용하기를' 거부하는 사람들이다.[21]

사르트르에 의하면 시인은 진리를 탐구하기 위해 언어를 사용하는 것도 아니고, 어떤 것을 명명하기 위해 언어를 사용하는 것도 아니다. 시인에게 언어는 실용성과 아무런 상관도 없다. "시인은 단번에 도구로서의 언어와 인연을 끊은 사람이다."[22] 따라서 시인은 언어를 "도구"가 아니라 "사물"로 보는 태도를 취하게 되는데, 사르트르는 이와 같은 태도를 "시적 태도l'attitude poétique"라고 부른다. 이에 반해 산문가는 언어를 '도구'로 여기는 태도—이 태도를 '산문적 태도'라고 지칭하자—를 취하게 된다. 그렇다면 이처럼 같은 언어가 시인에게는 '사물'로, 산문가에게는 '도구'로 나타난다는 것은 무엇을 의미하는가?

이 질문에 답을 하기 위해 하이데거M. Heidegger가 『존재와 시간L'Etre et le temps』에서 제시하고 있는 '사물'과 '도구' 개념에 주목해 보자. 사르트르는 이 개념들을 하이데거에게서 직접 빌려 왔다고 말한 적은 없다. 하지만 하이데거의 논의는 '도구'로서의 언어와 '사물'로서의 언어 개념을 이해하는 데 아주 유용한 것으로 보인다. 우리는 앞에서 회화나 음악의 질료인 색채나 음조가 '사물'이라는 사실을 살펴보면서, 이 사물의 특징 중 하나가 '불투명성'이라는 사실을 지적한 바 있다. 그렇다면 '도구'의 특징 중 하나는 '투명성'일 것이다.

우리는 평상시에 '도구'를 사용하면서 그것을 잊기 십상이다. 예를 들어 책상 위에 만년필이 있다고 하자. 내가 종이 위에 이 만년필로 글을 쓸 때, 그리고 이 만년필에 아무런 문제가 없을 때, 나는 이 만년필을 거의 의식하지 않는다. 이 경우 '만년필이라는 도구'는 '투명'하다. 그런데 한순간 만년필에 잉크가 떨어졌다고 하자. 그 순간 만년필은 하나의 '도구'에서 하나의 '사물'로 드러나고, 그 자격으로 나의 눈에 들어오게 된다. 하이데거는 이처럼 '사물'의 특성 중 하나가 "눈에 띔se fait remarquer"[23]이라고 말한다. 그리고 이와 같이 눈에 띔은 "강제성, 저항성"으로 이어지게 된다는 것이 계속되는 하이데거의 주장이다. 잉크가 떨어진 만년필은 하나의 '도구'에서 벗어나 하나의 '사물'로 나타나 나의

'눈에 띄고', 나의 관심을 끌게 된다. 그리고 그 사실은 쓰기를 계속하기 위해 잉크를 다시 채울 것을 나에게 '강요한다'. 게다가 이 만년필에 잉크를 채우는 동안 나의 시선과 관심은 이 만년필을 통과하지 못하고 그 위에 고정되어 있게 된다. 다시 말해 나의 시선과 관심은 이 만년필의 '저항'을 받게 된다. 이와는 달리 '도구'는 "눈에 안 띰, 재촉하지 않음, 방해되지 않음"[24]이라는 특성을 갖는다고 할 수 있다. 그러니까 잉크를 채운 후에 나는 만년필을 사용해 다시 글을 쓰면서 이 만년필에 아무런 주의를 기울이지 않게 되고, 또 그것에 의해 아무런 방해를 받지 않게 된다.

그런데 이처럼 만년필을 하나의 도구로 사용한다는 것은 그것의 이용 가능성, 곧 유용성과 목적성을 상정하는 것이다. 실제로 하이데거에 의하면 모든 도구는 "위하여$_{pour}$"라는 특성을 가진다. 또한 이와 같은 유용성과 목적성은 수많은 도구들과의 관계망 속에서 이루어진다. 다시 말해 하나의 도구는 수단과 목적이라는 거대한 사슬의 일부를 이루고 있는 것이다. 가령 만년필은 글을 쓰기 위해 있는 것이다. 또 내가 만년필로 글을 쓰는 것은 논문을 쓰기 위함이고, 다시 이 논문을 책으로 출판하기 위함이다. 사정이 이와 같다면, 이 세계의 모든 도구는 사물이고, 모든 사물은 도구라는 결론에 도달하게 된다. 이 세계에는 도구와 사물이 따로 있는 것이 아니다. 또한 어떤 것이 먼저 도구였다가 사물이 되거나, 반대로 사물이었다가 도구가 되는 것도 아니다. 이와 달리 사물과 도구는 동전의 양면처럼 표리 관계에 있는 것이다.

사르트르가 「쓴다는 것은 무엇인가」에서 제시하고 있는 문학의 질료인 '언어'가 갖는 '도구-사물'의 양면성은 정확히 하이데거가 제시하고 있는 '도구-사물'의 양면성과 일치하는 것으로 보인다. 사르트르는 시인의 언어와 산문가의 언어를 비교하기 위해 '유리'의 예를 들고 있다. 우리가 깨끗한 유리를 통해 밖을 볼 때 이 유리는 우리의 관심을 끌지 못하고, 우리의 눈에 띄지 않는다. 다시 말해 이 유리는 '투명하고' 따라서 하나의 '도구'에 불과하다. 이와 마찬가지로 산문가에게는 언어가 유용성과 목적성에 의해 지배되는 동안, 그것은 한갓 '도구'에 불과하다. 산문가에게 그가 사용하는 언어는 그의 "감각기관의 연장"과도 같다는 것이 사르트르의 주장이다.

산문은 무엇보다도 정신의 한 가지 태도이다. 발레리식으로 말하자면, 햇빛이 유리를 거쳐 통과하듯이, 말이 우리의 시선을 스쳐 지나갈 때 산문이 있는 것이다. 사람이 위험하거나 어려운 상황에 봉착할 때는 아무 연장이나 닥치는 대로 움켜쥐지만, 위험이 사라지면 그것이 망치였는지 장작개비였는지 생각이 나지 않는다. 처음부터 무엇이었는지도 모르고 움켜쥐었던 것이다. 다만 우리의 육체를 연장시켜 주는 것, 가령 가장 높은 나뭇가지까지 손을 뻗는 수단이 필요했을 따름이다. 그것은 말하자면 여섯째 손가락이며 셋째 다리이다. 요컨대 우리가 우리의 몸에 동화시킨 순수한 기능이다. 언어도 이와 같다. 그것은 우리의 껍질이며 촉각이다. 그것은 다른 존재에 대해서 우리를 보호하고 우리에게 정보를 준다. 그것은 우리의 감각의 연장이다. 우리는 우리의 신체 속에 있듯이 언어 속에 있다.[25]

이처럼 산문가가 사용하는 언어는 그 목표를 달성했을

때 버려도 되는 것이다. 산문가가 사용하는 언어는 그의 눈에 띄지 않고, 재촉하지 않으며, 저항하지도, 방해하지도 않는다. 요컨대 산문가의 언어는 '투명하다'. 이에 반해 시인의 언어는 마치 유리에 뭔가가 끼어 있는 듯이 불투명하고, 이 유리를 통해 밖을 내다보는 일에 방해받게 된다. 다시 말해 이 유리는 밖을 바라보려는 우리를 방해하고 그러면서 우리에게 저항하게 된다. 그리고 이때 유리는 그 자체로 우리의 '눈에 띄게' 되고, 급기야는 우리의 관심을 끌게 되고, 우리로 하여금 이 유리에 끼어 있는 것 자체가 뭔지를 알아보게끔 강요하게 된다. 다시 말해 우리는 이 유리 앞에 '멈춰 서게 된다s'arrêter'.[26] 사르트르는 언어에 대한 시인의 '시적 태도'와 산문가의 '산문적 태도'의 차이를 다음과 같이 지적하고 있다.

말에는 양면성이 있어서, 우리는 마치 유리를 투시하듯 우리의 마음대로 말을 가로질러 의미되는 사물을 쫓아갈 수 있고, 또 다른 한편으로는 우리의 시선을 기호의 '실체'로 돌려서 그것을 대상으로 볼 수도 있는 것이다. 언어를 사용하는 사람은 말의 저쪽에, 대상 가까이에 있고, 시인은 말의 이쪽에 있다. 전자에게 말은 길들여진 것이고, 후자에게 그것은 야생 그대로이다. 전자에게 말은 유용한 관례이며 차츰 소모되는 도구, 쓸모없게 될 때는 내던져 버리는 그런 도구이다. 이에 반해서 후자로서는 풀이나 나무처럼 이 땅 위에서 자생하는 자연들이다.[27]

이처럼 산문가가 '도구'로서 언어를 사용하는 목표는 당연히 그가 의도한 바, 즉 의미 전달과 그 해독에 있다고 할 수 있다. 반면 시인의 '사물'로서의 언어는 그 '불투명성'을 헤치고 심연으로 파고들 수 있는, 즉 언어의 '무궁무진성 inépuisabilité'을 발견하고 지각하고, 인식하기 위해 독자의 '의식'을 기다려야만 하는 상황에 있다고 할 수 있다. 물론 사르트르는 시의 근원에 모종의 감동이나 정열, 분노나 사회적 의분이나 정치적 원한이 깔려 있을 수 있는 가능성을 인정한다. 다시 말해 회화나 음악의 질료인 색채나 음조가 그랬던 것처럼 시인의 언어도 '순수 사물'일 수는 없을 것이다. 그럼에도 불구하고 사르트르는 시인의 언어를 "거꾸로

à l'envers" 볼 것을, 다시 말해 언어를 어떤 의미를 가진 기호로서 해독하는 것 대신, 오히려 그 언어 자체가 하나의 '창조' 행위이고, 이 행위에 의미를 부여하는 것, 다시 말해 인간의 관점에서가 아니라 오히려 신의 관점에서 이 언어를 바라볼 것을 요구하고 있다.

사르트르는 「쓴다는 것은 무엇인가」에서 '사물'로서 시인의 언어의 두 예를 제시하고 있다. 하나는 말라르메 s. Mallarmé의 시구 詩句이고, 다른 하나는 랭보 A. Rimbaud의 시구이다. 먼저 말라르메의 시구를 보자.

달아나리, 저 멀리 달아나리, 나는 느끼노라 새들의 도취를,
그러나 들어라, 오오 내 마음이여, 사공들의 노랫소리를.
Fuir, là-bas fuir, je sens que des oiseaux sont ivres,
Mais ô mon cœur entends le chant des matelots.

이 시구에서 사르트르가 주목하고 있는 시어는 'Mais'이다. 프랑스어에서 이 단어는 '그러나'의 의미를 가진 이른바 역접 접속사이다. 다시 말해 앞의 내용과 뒤의 내용 사이의

반전을 보여 주기 위해 사용되는 단어이다. 하지만 여기서 이 단어는 그런 의미를 전혀 가지고 있지 않다는 것이 사르트르의 주장이다. 프랑스어를 아는 사람이라면 누구나 이 단어를 보고 당연히 '그러나'로 해석할 것이다. 왜냐하면 우리는 일상적으로 어떤 단어이든 그 단어를 어떤 의미를 담고 있는 하나의 '기호'로 받아들이는 데, 즉 하나의 '도구'로 여기는 데 익숙해 있기 때문이다. 하지만 여기서 이 단어는 이런 의미, 다시 말해 도구적 사용과는 아무런 상관이 없다는 것이 사르트르의 주장이다.

문장의 첫머리에 무슨 거석처럼 우뚝 솟아 있는 이 '그러나 Mais'라는 단어는 마지막 시행을 그 앞의 시행과 연결시키고 있는 것이 아니다. 그것은 이 시행을 어떤 유보적인 뉘앙스로 물들이고 있으며, 점잖게 물러선 그런 태도가 시행 전체에 배어 있는 것이다.[28]

또 하나는 랭보의 시구이다.

오오 계절이여! 오오 성이여!

흠 없는 영혼이 어디 있으랴?

O saisons! O châteaux!

Quelle âme est sans défaut?

이 시구에서 사르트르는 의문문으로 된 두 번째 시행에 주목하고 있다. 의문문으로 되어 있는 이 문장은 누가 보더라도 뭔가를 묻는 질문으로 여기기 십상이다. 만일 랭보가 의문문을 도구적으로 이용했다면 당연히 이 문장은 뭔가를 묻고 있는 질문으로 보는 것이 당연할 것이다. 하지만 사르트르는 이와 같은 읽기를 거부한다. "여기에서는 누가 질문을 받는 것도 질문을 하는 것도 아니다. 시인은 그 자리에 없는 것이다. 그리고 물음은 대답을 가져오는 것도 아니다. 아니 차라리 물음이 그 자체의 대답이라고 해야 할 것이다." 이렇게 말한 후에 사르트르는 이 문장을 통해 랭보가 "다른 것을 '말하려고 한' 것이 아니다. 그는 오직 절대적 질문을 던진 것이다. 그는 영혼이라는 아름다운 말에 의문적인 존재성을 부여했다"라고 말한다. 그렇게 함으로써 "이 물음이 사물화한 것이다. 그것은 이미 의미가 아니라 실체이다"라고 주장한다.

위에서 인용된 말라르메와 랭보의 시구에 대해 가해진 사르트르의 주장을 그대로 받아들일 것인가 아닌가 하는 것은 문제가 아니다. 왜냐하면 그렇게 해석하는 것은 전적으로 사르트르의 자유의 소관이기 때문이다. 문제의 핵심은 오히려 이 두 시구에서 'Mais'와 '의문문으로 된 문장 전체'가 '도구'로서 사용되고 있는 것이 아니라, 그것들 자체가 새로운 대상, 새로운 이미지를 만들어 내는 하나의 '사물'로 창조되었다는 점이다. 프랑스어를 알고 'Mais'라는 프랑스어 단어를 알고 있는 사람은 누구나 이 단어를 보고 '그러나'라는 의미를 가진 역접 접속사로 해석하기 마련이다. 하지만 프랑스어 알파벳 체계를 알고 있지 못하는 어떤 사람이 'M'을 보았을 때 갖게 되는 직관과 느낌을 상상해 보라. 어쩌면 그것은 사르트르의 해석처럼 '우뚝 솟아 있는 거석'과 같은 이미지로 상상될 수도 있을 것이다. 이와 마찬가지로 랭보의 시구에서 접하게 되는 질문에 대해서도 같은 이야기를 할 수 있을 것이다. 그러니까 질문이 반드시 질문으로 기능한다는 통념적 사고, 곧 언어의 도구적 사용으로부터의 일탈, 곧 새로운 대상의 창조가 이루어지고 있다고 말이다.

　사르트르는 이처럼 '사물'로서의 언어에 관심을 집중시키는 시인과 '도구'로서의 언어에 관심을 집중시키는 산문가의 언어에 대한 태도를 구별하고 난 뒤, 산문만을 참여문학의 범주에 포함시키고 있다.[29] 시인은 "말하는 사람이 아니다." 반면 산문가는 "말하는 사람 parleur", 곧 말을 '도구'처럼 이용하는 사람이며, 그는 "지시하고 설명하고 명령하고 걱정하고 질문하고 탄원하고 모욕하고 설득한다." 따라서 산문가의 말은 '기호'처럼 항상 외부의 무엇을 가리키고, 그로 인해 어떤 의미를 갖는다. 그리고 그 의미는 해독되고 전달될 필요가 있다. 이와 같은 산문가의 시도가 성공했을 때 '도구'로 사용된 언어 사용이 그 목적을 달성하게 될 것이다.

4. 행동으로서의 쓰기

사르트르는 이와 같은 사실을 종합해서 작가 ─물론 산문작가이다─ 에게 "말은 행동의 어떤 특수한 계기이며, 행동을 떠나서는 이해될 수 없는 것이다"[30]라고 주장한다. 그런데 이처럼 행동의 한 계기로 이해되는 '말하는 행위'에는 상황을 드러내고, 그것을 바꾸려고 하는 행위가 포함되어 있다는 것이 사르트르의 주장이다. 우리는 앞에서 사르트르의 사유를 따라 우리가 살고 있는 사회가 유토피아와는 거리가 멀다는 사실을 지적한 바 있다. 산문작가가 몸담고 있는 사회 역시 유토피아와 거리가 멀다면 그의 말하는 행위, 곧 쓰는 행위는 당연히 이처럼 유토피아가 아닌 사회를 드러내고, 거기에 모종의 변화를 촉구하는 행위와 동의어가 될 것이다. 따라서 산문작가가 쓰는 행위를 '성실하게' 수행한다면 그의 행위는 그 자체로 정당성을 확보할 수 있고, 또 '다른 사람들에게' 권유할 수도 있지 않을까? 다시 말해 그의 행위에는 그들 모두가 몸담고 있는 사회를 유토피아로 만들기 위해 유용하고도 필요한 내용이 들어 있으며,

이와 같은 내용을 '다른 사람들에게' 전달할 수 있는 가치를 갖게 될 것이다. 그런데 바로 이것이 참여문학론의 요체가 아닌가?

　이렇듯 산문가는 어떤 제2차적인 행동 방식 — 드러냄을 통한 행동이라고 명명할 수 있는 그런 행동 방식을 선택한 사람이다. 그렇다면 우리는 마땅히 그에게 또 하나의 질문을 제기해야 한다. "당신은 세계의 어떤 모습을 드러내려는 것인가?" 당신은 그 드러냄을 통해서 세계에 어떤 변화를 가져오기를 바라는가?" '참여한' 작가는 말이 행동이라는 것을 알고 있다. 그는 드러낸다는 것은 바꾼다는 것이며, 드러냄은 오직 바꾸기를 꾀함으로써만 가능하다는 것을 알고 있다. 그는 사회와 인간 조건을 불편부당하게 그린다는 불가능한 꿈을 포기한 사람이다.[31]

　위에서 우리는 산문작가의 쓰는 행위가 '다른 사람들'과의 관계 속에서 이해되고 있음을 지적했다. 이 사실은 대단히 중요하다. 왜냐하면 산문가의 도구로서의 언어 사용이 실용적이고 도구적이라면, 그 최종 목적은 '의사소통 communication'과 무관하지 않을 것이기 때문이다. "언어의 목적은 의사소통하는 것이다." 그런데 의사소통의 회로에는 당연히 말하는 주체와 듣는 주체, 곧 화자와 청자가 요구된다. 또한 거기에는 '메시지'가 동반된다. 물론 이들 사이에 의사소통이 가능하기 위해서는 그들 모두가 공통의 약호, 곧 기호를 사용해야 한다는 점이 분명하다. 사르트르는 이와 같은 사실들을 종합해 산문작가의 쓰는 행위가 당연히 '다른 사람들을' 겨냥하는 의사소통 행위이며, 이 행위의 주요 목적 중 하나는 산문가 자신과 그들이 함께 몸담고 있는 현재 사회에 대해 '책임의식'을 갖는 것이라고 주장하고 있다.

우리는 뒤이어 문학의 목적이 무엇일 수 있을지 규정해 보려고 한다. 그러나 지금 당장에라도 이렇게 말해 둘 수는 있다. 즉 작가란 세계와 특히 인간을 다른 사람들에게 드러내 보이기를 선택한 사람인데, 그 목적은 이렇게 드러낸 대상 앞에서 그들이 전적인 책임을 지도록 하기 위한 것이다. … 이와 마찬가지로 작가의 기능은 아무도 이 세계를 모를 수 없게 만들고, 아무도 이 세계에 대해서 "나는 책임이 없다"고 말할 수 없도록 만드는 데 있다.[32]

위의 인용문에서 특히 우리의 관심을 끄는 대목은 다음과 같이 두 부분이다. 하나는 "작가란 세계와 특히 인간을 다른 사람들에게 드러내 보이기를 선택한 사람"이라는 부분이고, 다른 하나는 "그 목적은 이렇게 드러난 대상 앞에서 그들이 전적인 책임을 지도록 하기 위한 것이다"라는 부분이다. 앞의 부분에서 "작가가 이 세계와 특히 인간을 … 드러내 보이기를 선택한 사람"이라는 내용은 사르트르의 사유를 고려하면 당연하다고 할 수 있다. 그도 그럴 것이 사르트르의 현상학적 존재론에서도 인간은 그를 에워싸고 있는 세계에 그만의 고유한 거리를 펼치면서 의미를 부여하고, 이 과정을 통해 이 세계를 '드러내기' 때문이다. 또한 이것은 산문작가에게도 그대로 적용되었다. 왜냐하면 방금 위에서 살펴보았듯이 산문작가의 '쓰기 행위'는 "드러냄을 통한 행동이라는 명명할 수 있는 그런 행동 방식"의 선택의 의미가 있었고, 또한 그에게 드러내기는 변화시키기와 동의어였기 때문이다.

하지만 이와 같은 산문작가의 드러내기는 "다른 사람들에게"로 향해야 한다. 이것이 위의 인용문에서 우리가 주목한 첫 번째 부분의 또 하나의 내용이었다. 앞에서 우리는 산문작가의 쓰기 행위가 '다른 사람들'과의 관계 속에서 이해되고 있다는 사실을 암시한 바 있다. 그때 우리는 '의사소통'의 일반 구조에서 청자와 화자라고 하는 두 주체의 존재가 당연한 것으로 요청된다고 가정했었다. 하지만 이런 설명만으로는 사르트르가 제시하고 있는 작가의 드러내기가 '다른 사람들에게' 향해야 한다는 사실을 충분히 설명할 수는 없을 것 같다. 거기에는 사르트르의 참여문학론과 관련된 보다 심오한 물음이 자리하고 있는 것처럼 보인다. 그렇다면 왜 산문작가의 글쓰기는 타자, 곧 독자에게 향해야 하는 것일까?

또한 이 물음은 위의 인용문에서 우리가 주목한 두 번째 부분, 즉 "그 목적은 이렇게 드러난 대상 앞에서 그들이 전적인 책임을 지도록 하기 위한 것이다"라는 부분과 밀접하게 연결되어 있다. 이 부분에서 '그들'은 당연히 '다른 사람들'이고, 그들 중 대부분은 산문작가가 쓴 작품을 읽은 '독자들'에 해당한다고 할 수 있을 것이다. 산문작가가 작품을 쓰는 것은 전적으로 그의 자유에 속하는 문제이다. 물론 그 스스로가 예술을 위한 예술,[33] 사후의 영광[34] 등을 위해 현재 그가 몸담고 있는 사회를 등한시하는 무책임에 빠질 수도 있을 것이다. 이와는 반대로 그가 참여 작가로서 임무를 다하기로 결심할 수도 있을 것이다. 만일 그가 자신을 참여 작가로 규정하고 '성실하게' 쓰기 행위를 한다면, 그는 자신의 행위의 결과에 대해 '전적으로' 책임을 지는 것이 당연하다 할 것이다. 그런데 왜 그는 그의 쓰기 행위의 결과를 '다른 사람들에게' 내밀면서 그들에게 책임을 지도록, 그것도 '전적으로' 책임을 지도록 하는 것인가? 참여 작가에게 쓰기 행위가 직업에 해당한다면, 그 결과물인 작품을 읽는 독자들에게 읽기 행위는 이차적, 부차적인 행위이다. 그럼에도 불구하고 어떻게 산문작가는 '다른 사람들에게' 전적으로 책임을 지도록 할 수 있는가?

사르트르는 『문학이란 무엇인가』의 첫 번째 글인 「쓰는 것은 무엇인가」라는 글에서 이와 같이 예상되는 물음들에 대해 침묵을 지키고 있다. 이 물음들에 대한 답이 바로 「쓰는 것은 무엇인가」에 이어지는 두 번째, 세 번째 글인 「왜 쓰는가」와 「누구를 위해 쓰는가」에서 차례로 제시되고 있다. 실제로 『문학이란 무엇인가』에 포함된 이 세 편의 글에 대해 그 논리상의 '불연속성' 내지는 '단절'이 있다는 사실을 주장하는 자들도 없지 않다. 하지만 방금 우리가 제기한 물음들에서 핵심적인 위치를 점하고 있는 '다른 사람들', 곧 '독자들'의 존재를 염두에 둔다면 이 세 편의 글 사이의 불연속성이나 단절의 문제는 깔끔하게 해결될 수 있는 것처럼 보인다. 그러니까 이 세 편의 글, 그리고 네 번째 글인 「1947년 작가의 상황」까지를 포함해 네 편의 글은 아주 강한 논리적 정합성으로 묶여 있다는 것이 우리의 판단이다.

2장
왜 쓰는가

1. 쓰기 행위의 동기

「쓴다는 것은 무엇인가」에서 참여로의 길이 활짝 열린 산문작가는 일반적인 인간에 속한다. 또한 이 산문작가의 쓰기 행위는 일반적인 행위에 속한다. 따라서 일반적인 인간과 일반적인 행위에 적용되는 사르트르의 사유는 그대로 산문작가와 그의 쓰기 행위에도 적용될 수 있을 것이다. 여기서는 사르트르의 존재론적 사유를 바탕으로 『문학이란 무엇인가』의 두 번째 글인 「왜 쓰는가」에서 제시되고 있는 산문작가의 쓰기 행위의 동기motif를 살펴보게 될 것이다.

우리는 앞에서 사르트르의 존재론의 세 영역이 사물, 나, 타자라는 사실을 지적한 바 있다. 이 세 영역에 속하는 존재들에는 한 가지 공통점이 있다. 이 존재들이 모두 우연성의 질서에 속하고, 아무런 이유 없이 그냥 거기에 있는 '잉여존재l'être de trop'라는 사실이 그것이다. 이는 자연스러운 결과이다. 왜냐하면 사르트르의 사유를 관통하는 제1의 원칙이 바로 무신론이기 때문이다. 신의 존재를 부정하게 되면 모든 존재는 필연성nécessité에서 벗어나기 마련이다. 실제로 사르트르는 "만일 신이 존재하지 않는다면 모든 것은 허용될 것이다"라는 도스토예프스키F. M. Dostoïevski의 말을 그대로 받아들이고 있다. 『구토』에서 볼 수 있는 로캉탱의 다음과 같은 성찰은 이와 같은 사르트르의 존재론적 사유를 단적으로 보여 준다고 하겠다.

본질적인 것, 그것은 우연성이다. 원래 존재는 필연이 아니라는 말이다. 존재란 단순히 거기에 있는 것뿐이다. 존재하는 것이 나타나서 만나도록 자신을 내맡긴다. 그러나 결코 그것을 연역할 수는 없다. 내가 보기에는 그것을 이해한 사람들이 있다. 다만 그들은 필연적이며 자기원인이 됨직한 것을 발명함으로써 이 우연성을 극복하려고 해보았던 것이다. 그런데 어떠한 필연적 존재도 존재를 설명할 수 없다. 우연성은 가장이나 지워 버릴 수 있는 외관이 아니라 절대이다. 그러므로 완전한 무상인 것이다. 모든 것이 무상이다. 이 공원, 이 도시, 그리고 나 자신도 무상이다. … 구토이다. 그것이 그 더러운 자식들이 … 그들의 권리를 휘둘러 숨겨 보려고 하는 바로 그것이다. 그러나 얼마나 가엾은 거짓이랴. 그 누구도 권리를 가지고 있지 않다. 그들은 다른 사람들처럼 완전히 무상의 존재들이다. 그들은 스스로 잉여존재라는 것을 느끼지 않을 수 없다. 그리고 그들 자신의 내부에서 잉여이다. 즉 부정형이고 애매하고 한심하다.[35]

하지만 사르트르에 의해 제시된 존재의 세 영역 사이의 공통점은 거기에서 끝난다. 자기 충족적이고, 따라서 아무런 실존적 불안을 느끼지 못한 채 안정적인 상태에 있는 사물과는 달리 인간은 '결여manque' 상태로 존재한다. 또한 이 결여는 인간 의식의 '지향성'의 구조로 제시되기도 한다. 사르트르는 현상학의 창시자인 후설 E. Husserl을 따라 "의식은 무엇인가에 관한 의식la conscience est conscience de quelque chose"이라는 주장을 받아들인다. 그러니까 의식은 그 자체만으로 존재할 수 없는 '무néant, 無'이고 항상 '무엇인가'와 함께 존재하게 된다.

인간은 이처럼 의식의 결여분을 채우기 위해 항상 노력한다. 이 과정이 바로 실존의 과정이자 인간의 위대함을 보여 주는 것이기도 하다. 왜냐하면 인간은 의식의 지향성의 구조를 채우기 위해 매 순간 이 세계에 있는 다른 존재들을 선택하면서 그것들에 의미를 부여하기 때문이다. 그로부터 만물의 영장으로서 인간의 지위가 도출된다. 하지만 역설적으로 바로 거기에 인간의 '실존적 고뇌angoisse existentielle'가 자리한다. 왜냐하면 인간은 끊임없이 의식의 지향성의 구조를 채워야 하기 때문이다. 이와 같은 실존적 고뇌에서 벗어나거나 도피하기 위해 인간이 취하는 태도는 '사물'이 되고자 하는 것이다. 그로부터 대자존재에 대한 즉자존재의 "존재론적 우위primauté ontologique"가 나타난다.

어쨌든 인간은 이처럼 쉬지 않고 의식의 지향성을 채워

나감과 동시에 그 스스로를 창조해 나간다는 것이 사르트르의 주장이다. 이것이 '실존existence'의 과정이다. 실존은 그 어원으로 보아 'eks-'와 'sistere'의 합성어로, '있는 곳'으로부터 '벗어남'을 의미한다. 그리고 인간은 이와 같은 실존의 과정을 거치면서 자신의 고유한 '본질essence'을 갖게 된다. 이처럼 인간에게는 실존이 본질에 선행하는 것이다. 인간이 죽는 순간까지 자기 자신의 실존을 정면으로 바라보고, 미래를 향해 자기 자신을 기투하면서 자기 자신의 본질을 마련해 나가는 태도를 사르트르는 '진정한authentique' 태도로 규정한다. 이에 반해 실존의 고뇌를 회피하기 위해 자기 스스로를 사물과 같은 것으로 여기는 태도를 '비진정한inauthentique' 태도로 규정짓는다. 아무튼 의식의 주체이자 대자의 방식으로 존재하는 인간은 즉자의 방식으로 존재하는 사물과는 완전히 다른 존재론적 위상을 갖는다는 것이 분명하다. 사물 존재의 특징이 부동성이라면 인간의 특징은 운동성에 있고, 또 그런 만큼 인간이 곧 '자기 자신의 행동의 총합'이라는 논리가 성립하게 된다.

이 단계에서 사르트르의 인간 이해를 위한 아주 중요한

문제가 하나 제기된다. 인간에게 있어서 실존의 최종 목표는 무엇일까 하는 문제가 그것이다. 사르트르의 존재론의 용어를 빌리자면, 인간 행위의 최종 목표는 다음 두 가지로 설명된다. 하나는 인간은 "신神이 되고자 하는 욕망"이라는 것이다. 다른 하나는 인간이 자신의 존재근거fondement d'être를 발견하고, 이를 바탕으로 그 자신의 잉여존재를 정당화해 실존의 고뇌에서 벗어나는 것이다. 물론 이 두 가지 사실은 동전의 양면에 불과하다.

방금 위에서 지적한 것처럼 사르트르가 자신의 사유를 정립하는 과정에서 무신론을 가정하고 있기 때문에 인간을 '신'과 관련해 규정하는 것은 이상하게 보일 수도 있다. 하지만 사르트르는 이와 무관하게 인간이 절대적 존재이자 완전한 존재인 '신'이 되는 것을 목표로 한다고 주장하고 있다. 그런데 사르트르에 의하면 '신'은 '즉자-대자l'en-soi-pour-soi'의 결합fusion 방식으로 존재하는 것으로 이해된다. 이 결합에서 '대자'는 살아 있는 인간을 가리킨다. 그리고 '즉자'는 이 인간이 평생에 걸쳐 자기 자신의 잉여존재를 정당화하기 위해 추구하는 일종의 존재근거로 여겨진다. 따라서 사르트르에 의하면 '즉자-대자'의 결합은 자기 자신의 존재근거를 자기 안에 담고 있는 상태, 곧 '자기원인자'의 상태를 의미한다. 이와 같은 상태는 그대로 인간이 실존의 고뇌에서 해방되는 '구원'으로 이해된다.

하지만 문제는 이와 같은 '즉자-대자'의 결합이 그 자체로 모순적이라는 사실이다. 그도 그럴 것이 의식을 가지고 있으며 살아 숨 쉬는 '대자'인 인간이 자기 자신의 존재근거인 '즉자'를 확보하게 되면, 그는 이 즉자, 곧 의식을 가지지 못한 한갓 사물에 불과할 것이기 때문이다. 그러니까 '즉자-대자'의 결합에서 인간이 살아 있는 인간존재임과 동시에 죽은 사물 존재라는 모순된 결과에 이르게 되는 것이다. 이런 이유로 사르트르는 인간을 "무용한 정열passion inutile"로 규정하고 있다. 인간은 평생 그의 존재근거를 확보해서 자기 자신의 잉여존재를 정당화하려고 하나, 이런 노력은 결국 실패로 끝날 수밖에 없기 때문이다. 사르트르는 이와 같은 시각에서 인간의 모든 역사를 결국 실패의 역사라고 본다. 요컨대 인간이 실존의 고뇌에서 벗어나는 '구원'은 불가능하다는 것이다.

사르트르는 인간에게 주어진 이와 같은 비극적 운명을 수레를 끄는 한 마리의 당나귀를 통해 보여 주고 있다. 지금 당나귀 한 마리가 수레를 끌고 있다. 그런데 그 수레 앞에 일정 간격을 두고 당근을 매달아 놓았다. 당나귀는 이 당근을 먹으려고 몸을 앞으로 움직이려고 할 것이다. 그러면 그 힘으로 수레는 앞으로 나아갈 것이다. 하지만 이 당나귀는 결코 수레에 매달려 있는 당근을 먹을 수 없을 것이다. 왜냐하면 당나귀가 몸을 앞으로 움직인 만큼 당근도 덩달아 앞으로 움직일 것이기 때문이다.

실제로 사르트르가 인간을 지칭하는 '대자존재 l'être-pour-soi'라는 용어에는 목표를 이룰 수 없다는 의미가 이미 포함되어 있다. 프랑스어에서 'pour'는 '-를 위하여', '-를 향해서' 등의 뜻을 가지고 있지만, 여기서는 후자의 의미를 가지고 있다. 그리고 여기서 'soi'는 존재근거에 해당한다고 할 수 있다. 그러니까 인간은 자신의 존재근거를 '향해' 바라만 보고 있지, 그것과 하나가 되지 못한다는 의미이다. 반면 사물을 가리키는 '즉자존재 l'être-en-soi'라는 용어에서 'en'은 '-안에'의 의미를 가지고 있다. 그러니까 사물 존재는 '자기'와의 종합synthèse의 상태, 곧 그 자체 안에 존재근거를 가지고 있는 것이다. 어쨌든 인간의 최종 목표는 절대적 존재인 '신'이 되고자 하는 욕망의 구현이라는 점, 그리고 이 욕망이 구현되는 경우 거기에는 그 자신의 존재근거 확보, 그 자신의 잉여존재의 정당화, 곧 '구원'이 동반된다는 점이다.

산문작가도 일반적인 인간에 속한 이상, 다른 인간들과 마찬가지로 '즉자-대자'의 결합 방식으로 존재하는 '신'이 되고자 하는 욕망을 추구할 것이다. 그런데 산문작가는 다른 인간들과는 달리 '쓰기 행위'를 선택하고, 이 행위를 통해서 이와 같은 최종 목표에 도달하려고 한다. 그리고 사르트르는 『문학이란 무엇인가』의 두 번째 글인 「왜 쓰는가」에서 (그의 존재론 차원에서는 불가능하다고 여겨졌던) 최종 목표, 곧 '즉자-대자'의 결합 상태에 도달하는 것이 가능하다고 보고 있다. 그렇기 때문에 사르트르는 문학의 '종교성'을 내세웠고, 문학을 종교적인 구원을 위한 대체물로 여겼던 것이다. 이제 사르트르가 「왜 쓰는가」에서 제시하고 있는 쓰기 행위의 동기 문제에 집중해 보자.

일반적인 인간이 자기를 창조해 나가는 길은 고정되어 있는 것이 아니다. 왜냐하면 사르트르에게 인간은 '가능성'의 존재이기 때문이다. 인간에게 살아 있다는 것은 선택할 수 있는 가능성이 존재한다는 것을 의미하고, 죽음이라는 것은 '스스로 변화될se métamorphoser' 수 있는 가능성이 전무全無한 상태를 의미한다. 앞에서 우리는 인간이 자신의 실존적 고뇌에서 벗어나기 위해 '사물'과 같은 것이 되고자 한다는 사실을 지적한 바 있다. 이와 같은 비진정한 태도 역시 스스로 변화할 수 있는 가능성이 거의 없다는 것을 의미하며, 이런 태도를 바탕으로 영위하는 삶은 죽음과 별다른 차이가 없는 것처럼 여겨진다.

여하튼 사르트르의 시각에서 보면 인간이 진정한 태도로 삶을 영위한다면 그 자신을 만들어 가는 길은 다양하다는 것이 분명하다. 어떤 사람은 정치를 하고, 어떤 사람은 진리를 탐구하고, 어떤 사람은 운동을 할 수 있다. 또 어떤 사람은 이 길을 가다가 저 길을 갈 수도 있고, 또 그 반대일 수도 있다. 사르트르에 의하면 일반적인 인간의 최종 목표는 '신'이 되고자 하는 욕망, 곧 '즉자-대자'의 결합을 실현하는 것이었다. 그렇다면 정치가든, 학자든, 운동선수이든 간에 아니면 운동선수였다가 정치가가 되든 학자가 되든 간에 그들 각자의 최종 목표는 당연히 '신'이 되고자 하는 욕망의 구현, 즉 '즉자-대자'의 결합일 것이다. 하지만 일반적인 인간이 종국에는 '무용한 정열'이었던 것처럼, 이들 각자도 역시 자기 삶의 전체 여정에서 실패를 맛볼 것이다. 그렇다면 작가 —물론 산문작가이다— 의 삶은 어떨까? 이와 같은 추론이 작가에게도 그대로 적용될까? 만일 그렇다면 살아가면서 특별히 작가가 되기로 결심할 특별한 이유가 없는 것이 아닐까?

하지만 사르트르는 작가에게 특별한 지위를 부여하고 있다. 물론 사르트르를 위시해 작가 한 명 한 명이 '왜' 다른 길이 아니라 '작가'가 되는 길을 가기로 했는가의 문제에 답을 하기 위해서는 『존재와 무』를 통해 제시되고 있는 "실존적 정신분석 psychanalyse existentielle"[36]에 의지해야 할 것이다. 그러니까 자기 인생의 어느 시점에서, 어떤 이유로 스스로 '작가'가 되기로 결정을 했는가를 따져 보아야 할 것이다. 하지만 『문학이란 무엇인가』에 실린 두 번째 글인 「왜 쓰는가」에서 사르트르는 작가 한 명 한 명의 쓰기 행위 선택에 관심을 갖는 것이 아니라 이 세상의 모든 작가들에게 공통으로 발견되는 쓰기 행위의 동기를 밝히고자 한다. 사르트르의 말을 직접 들어 보자.

저마다 이유가 있다. 어떤 사람에게 예술은 도피이며, 다른 사람에게는 정복의 수단이다. 그러나 꼭 도피를 하고자 한다면 은둔 생활로, 광기로, 죽음으로 할 수도 있고, 또 정복은 무기로도 할 수 있다. 그런데 왜 하필이면 꼭 글을 쓰겠다는 것이며, 글을 통해서 도피와 정복을 하겠다는 것인가? 그것은 작가들의 여러 목표의 배후에는 이들 모두에게 공통되는 어떤 더욱 깊고 더욱 직접적인 선택이 있기 때문이다. 우리는 이 선택이 무엇인지를 밝혀 보려고 한다.[37]

이와 같은 사르트르의 시도가 무모하게 보일 수도 있다. 그도 그럴 것이 이 세상에는 헤아릴 수 없이 많은 작가들이 있고, 또 그들의 수만큼 쓰기 행위의 선택 이유가 있을 것이기 때문이다. 여하튼 사르트르는 이와 같은 문제를 제기한 뒤에 모든 작가들에게 공통으로 해당된다고 생각하는 쓰기 행위의 선택 이유를 다음과 같이 제시하고 있다.

예술적 창조의 주요 동기 중 하나는 분명 세계에 대해서 우리 자신의 존재가 본질적이라고 느끼려는 욕망이다. 내가 드러낸 들판이나 바다의 이 모습을, 이 얼굴의 표정을 나는 화폭에 옮기면서 또는 글로 옮기면서 고정시킨다. 나는 이 모습을 긴밀히 연결하고 질서가 없던 곳에 질서를 만들고 사물의 다양성에 정신의 통일성을 부여한다. 그러면서 나는 이 모습을 만들어 내는 것이라고 생각한다. 바꾸어 말하자면 나는 나의 창조물에 대해서 스스로 본질적이라고 느낀다.[38]

이 인용문에서 우리는 모든 작가에게 공통으로 적용되는 쓰기 행위의 선택 이유가 '본질적essentiel'이라는 단어와 밀접하게 연결되어 있음을 알 수 있다. 사르트르는 이 인용문에서 이 단어를 두 차례 사용하고 있다. "예술적 창조의 주요 동기 중 하나는 분명 세계에 대해서 우리 자신의 존재가 본질적이라고 느끼려는 욕망이다"와 "나는 나의 창조물에 대해서 스스로 본질적이라고 느낀다"에서이다. 그렇다면 사르트르가 제시하고 있는 모든 작가들에게 공통으로 적용되는 쓰기 행위의 선택 동기를 이해하기 위해서는 무엇보다도 '본질적'이라는 단어의 의미를 파악해야만 할 것이다. 작가가 세계에 대해 '본질적'이라고 느끼고 싶은 욕망의 정체는 무엇이고, 또 작가가 그의 창조물에 대해 스스로 '본질적'으로 느낀다는 것의 의미는 무엇일까?

먼저 작가가 세계에 대해 '본질적'이라고 느끼고 싶은 욕망의 정체가 무엇인지를 살펴보도록 하자. 이 문제를 해결하기 위해 사르트르가 '드러내다 dévoiler'라는 동사에 주목하고 있다는 사실을 우선 지적하고자 한다. 앞에서 우리는 간단하게 사르트르의 사유 체계에서 일반적인 인간의 존재론적 위상을 살펴본 바 있다. 그와 함께 인간의 의식이 갖는 지향성 개념을 설명하면서 모든 의식은 "무엇인가에 관한 의식"이라는 사실 역시 지적한 바 있다. 그런데 이번에는 사르트르가 의식이 이처럼 이 세계, 보다 더 정확하게는 이 세계에 있는 여러 존재들을 지향하면서 그것들을 선택하고, 그것들에 대해 거리를 펼치고, 또 그것들에 의미를 부여하는 작업을 '드러내다'라는 동사와 연결시키고 있다. 그러니까 인간의 의식은 이 세계에 있는 존재들을 '드러내는dévoilant' 의식으로 이해된다. 또한 사르트르는 이처럼 인간의 의식의 지향성이 작동할 때, 거기에는 이 인간이 자기 자신의 의식을 통해 '드러난dévoilé' 세계와 그곳에 속한 여러 존재들의 '제작자'가 아니라는 생각이 동반된다고 보고 있다. 이렇게 해서 인간은 이 세계와의 관계에서 스스로 '본질적'이라고 느끼지 못한다는 것이다.

우리들의 모든 지각에는 인간 실재가 무엇인가를 '드러낸다'는 의식이 수반되어 있다. … 여러 '관계'를 수없이 많이 맺어놓은 것은 바로 이 세계에의 현존재인 우리들이다. 이 나무와 이 하늘의 한 모퉁이 사이에 관계를 맺어 놓은 것은 바로 우리들이다. … 그러나 만일 우리가 존재의 발견자인 것을 알고 있다면 우리는 또한 그 제작자가 아니라는 사실도 알고 있다. … 이리하여 우리가 '드러내는' 존재라고 하는 내적 확신에는 이 '드러난' 사물에 비해 우리는 본질적인 존재가 아니라는 신념이 부가된다.[39]

위의 인용문에서 '본질적'이라는 단어는 분명 인간이 이 세계의 여러 존재와의 관계에서 그것들의 '제작자'가 아니라 단순히 그것들의 '발견자'에 그치고 있다는 사실을 의미하는 것처럼 보인다. 이것은 앞에서 우리가 살펴보았던 사르트르의 사유 체계에서 통용되는 즉자의 방식으로 존재하는 사물 존재가 대자의 방식으로 존재하는 인간과의 관계에서 확보하는 "존재론적 우위"와도 무관하지 않다. 더군다나 필멸적 존재인 인간이 이 세계에서 죽어 사라지는 경우에도 이 세계의 존재들은 그대로 남아 있는 경우가 비일비재하다. 물론 이 존재들이 영원히 존재한다는 것은 아니다. 하지만 상대적으로 그것들이 유한한 존재인 인간보다 더 오래 이 세계에 존재할 수 있는 것이다. 여하튼 한 가지 분명한 것은, 인간은 죽을 때까지 의식의 지향성을 발휘하면서 이 세계와 맺는 관계에서 '본질적'으로 느끼고 싶어 하지만, 결코 그럴 수가 없다는 것이다.

우리는 앞에서 모든 작가에게 적용되는 쓰기 행위의 선택 동기를 살펴보는 과정에서 사르트르가 '본질적'이라는 단어를 두 번에 걸쳐 사용하고 있음을 지적한 바 있다. 이 단어의 두 번째 사용은 작가가 "그의 창조물에 대해 스스로 본질적으로 느낀다"에서였다. 이 단어가 첫 번째로 사용된 "예술적 창조의 주요 동기 중 하나는 분명 세계에 대해서 우리 자신의 존재가 본질적이라고 느끼려는 욕망이다"라는 문장과 비교해 보면, 두 번째 문장에서 달라진 것은 '일반적인 인간'이 '작가'로 대치되고, '세계'가 '창조물'로 대치되고 있다는 점이다. 그리고 사르트르는 작가가 그의 창조물과의 관계에서 '본질적'으로 '느낀다'고 단언하고 있다. '작가'가 이처럼 '창조물'과의 관계에서 '본질적'으로 느낀다면 그 의미는 무엇이고, 또 어떤 과정을 통해서 그런 상태에 도달하게 되는가?

그런데 여기서 한 가지 눈여겨볼 것은 사르트르에게 '본질적'이라는 단어가 종종 '필요불가결한indispensable'의 의미와 동의어로 사용된다는 점이다.[40] 그러니까 '누구에게' 또 '어떤 것에' 대해 반드시 '필요한'의 의미가 그것이다. 가령 그 어떤 것이 이 세계에 있기 위해서는 '나'라는 존재가 반드시 필요하다는 의미에서 '필요불가결한'이 그것이다. 상식적으로 보더라도 작가의 쓰기 행위의 결과물—'작품'이다—은 원래 이 세계에 존재하지 않았던 것이 분명하다. 또한 이 작품이 이 세계에 존재하려면 이 작가의 존재가 당연히 요청된다는 것 역시 분명하다. 그러니까 이 작가의 존재는 이 작품의 출현을 보장해 주는 '필수불가결한' 존재인 것이다. 이것은 '조물주', 곧 '데미우르고스Démiurge'의 입장과 같다. 위에서 일반적인 인간이 이 세계의 여러 존재를 '드러내면서' 비본질적이 되는 까닭은 그가 이 존재들의 '제작자', 즉 창조자가 아니었기 때문이라는 사실을 기억하자. 결국 작가가 "그의 창조물에 대해 스스로 본질적으로 느낀다"라는 문장에서 '본질적'이라는 단어의 의미는 그가 그의 피조물인 '작품'과의 관계에서 당연히 '필요한' 존재로 요청된다는 사실이라고 할 수 있다.

이 사실은 대단히 중요하다. 왜냐하면 앞에서 지적했듯이, 사르트르의 사유 체계에서 인간이 '누군가'나 '무엇인가'에 대해 필수불가결한 존재로 여겨지는 것은, 이 인간의 잉여존재가 정당화되는 것과 같은 의미를 갖기 때문이다. 결국 한 인간이 쓰기 행위를 선택하여 작가가 되기로 결심한 것은 정확히 그 자신의 손에 의해 창작된 작품을 통해 그 자신의 존재근거를 확보하고, 나아가서는 이 작품의 도움을 받아 자신의 잉여존재를 정당화하기 위함인 것이다. 이는 또한 그대로 자기가 창작한 작품을 통해 일반적인 인간의 최종 목표인 '즉자-대자'의 결합, 즉 자기의 존재근거를 자기 안에 담고 있는 '자기원인자'인 '신'의 존재 방식에 이르는 것을 의미하기도 한다.

2. '쓰기-읽기' 행위의 결합

우리는 앞에서 사르트르의 사유 체계에서 일반적인 인간이 "무용한 정열"로 규정된다는 사실을 지적한 바 있다. 이는 모든 인간이 죽을 때까지 최종 목표, 곧 '즉자-대자'의 결합 방식으로 존재하는 '신'이 될 수 없다는 것을 보여 준다. 또한 모든 인간은 자신의 존재근거를 확보할 수 없고, 결국 잉여존재 상태에서 벗어날 수 없다는 것을 보여 주기도 한다. 그럼에도 불구하고 사르트르는 「왜 쓰는가」에서 작가의 쓰기 행위에 특별한 의미를 부여하면서 문학작품을 통한 작가의 잉여존재 탈피의 가능성, 곧 '즉자-대자'의 결합 상태를 실현할 수 있는 가능성을 제시하고 있다. 그러니까 작가는 그 자신의 손에 의해 창조된 작품과의 관계에서 '본질적'이라고 느낄 수 있다는 것이다. 그렇다면 문제는 과연 어떤 과정을 거쳐 이런 상태에 도달하는가를 알아보는 것이다.

이 문제를 해결하기 위해 『존재와 무』에서 제시되고 있는(인간 실존의 "세 주요 범주trois catégories cardinales"에 해당하는) '함 Faire', '가짐 Avoir,' '있음 Etre' 사이에 발생하는 이른바 "이중의 환원double réduction"에 주목해 보자. 사르트르는 우선 '창조 création'와 '소유possession' 개념을 연결하고 있다. 인간이 뭔가를 만드는 것은 그 결과물을 소유하기 위함이라는 것이다. 그러니까 인간은 자신의 창조물에 대해 '특수한 소유권'을 갖는다.

만약 내가 한 폭의 그림, 한 편의 드라마, 한 곡의 멜로디를 창작한다면, 그것은 어떤 구체적인 현실 존재의 기원에 내가 존재하기 위해서이다. 그리고 또 내가 이 현실 존재에 흥미를 갖는 것은 오직 그것과 나 사이에 정립되는 창작의 관

계가 나에게 이 현실 존재에 대해서 특수한 소유권을 부여할 때뿐이다.[41]

사르트르에 의하면 이처럼 인간 실존의 세 범주에서 '함' 의 범주는 일단 '가짐'의 범주로 바뀔 수 있다. 이것이 이 세 범주 사이에서 나타나는 '제1차 환원'이다.

그렇다고 하더라도 그것은 쉽사리 알 수 있는 일이지만, '함' 의 욕망은 환원 불가능한 것이 아니다. 사람이 하나의 대상 을 만드는 것은 이 대상과 어떤 관계를 유지하기 위함이다. 이 새로운 관계는 바로 '가짐'으로 환원될 수 있는 것이다.[42]

지금처럼 대량생산이 가능한 경우에는 분명하게 드러나 지 않지만, 과거 자급자족을 했던 시대에 인간이 무엇인가 를 만드는 것은 그것을 소유하고 이용하기 위함이었다는 것이 분명해 보인다. 물론 학문 연구, 스포츠 또는 예술 등 과 같은 분야에서는 '제1차 환원', 곧 '함'이 '가짐'의 범주로 전환되는 모습이 두드러지지 않을 수도 있다. 하지만 사르트르는 궁극적으로 모든 '함'의 범주가 '가짐'의 범주로 환원된다고 보고 있다. 이와 같은 추론에 따르면, 내가 쓰는 행위를 통해 작품을 창작해 내는 경우, 그것은 나를 위해 내가 이 작품을 소유하기 위함이다.

그런데 이번에는 '가짐'의 범주가 '있음'의 범주로 환원된다는 것이 사르트르의 계속되는 주장이다. 인간이 뭔가를 만들어 내는 이유는 그것을 자기 자신을 위해 소유하는 것이고, 또 그것을 소유하면서 그 자신이 '존재하기'를 원하는 것과 동의어이다. 이와 같은 '가짐'의 범주에서 '있음'의 범주로의 환원은 '제2차 환원'으로 여겨진다. 사르트르에 의하면 인간이 어떤 대상을 소유하게 되면 그와 이 대상 사이에는 '내적 존재 관계lien interne d'être'가 정립된다.

소유된다는 것은 '-의 것이 된다être à'는 것을 의미한다. …
소유의 관계는 내적 존재 관계이다. 나는 소유자가 소유하고 있는 대상 속에서, 그리고 이 대상에 의해서 그 소유자를 만난다.[43]

어떤 사람의 소유물을 훔치거나 탈취하는 것은 정확히 이런 이유로 그와 그의 소유물 사이에 맺어진 '내적 존재 관계'에 타격을 주게 되는 것이다. 논문을 쓰거나 창작의 경우 표절을 문제 삼는 것, 또는 번역을 할 때 저작권을 문제 삼는 것도 모두 이와 같은 논리에 의해 설명될 수 있을 것이다. 또한 같은 이유로 인간은 그가 가진 것으로 존재한다는 논리가 성립하게 된다. 사르트르는 이렇게 말한다. "만년필, 파이프. 의복, 책상, 집 등은 '나'이다. 내가 소유하는 것 전체는 나의 존재 전체를 반영한다. 나는 내가 '소유하는 것, 바로 그것이다." 그렇기 때문에 "많이 소유하면 소유할수록 그만큼 더 존재한다"는 논리가 성립하는 것이다. 어쨌든 사르트르의 사유 체계에서 '가짐'이 '있음'으로 환원된다는 것은 분명하다.

이와 같은 실존의 세 범주 사이에 발생하는 이중의 환원을 따르면, 작가가 쓰기 행위를 통해 작품을 창작하는 것은 먼저 그것을 '소유하고', 그 다음으로는 그것을 소유하면서 '존재'하기 위함이라고 할 수 있다. 이 단계에서 「왜 쓰는가」를 이해하기 위한 하나의 아주 중요한 질문이 제기된다. 작가가 그의 손으로 직접 창작한 작품을 소유하고, 그것을 빌려 존재한다는 것의 의미는 무엇인가라는 질문이 그것이다. 이 질문에 먼저 답을 하자면, 작가는 이중의 환원 과정을 통해 손수 창작한 작품을 소유하면서 '즉자-대자'의 결합 상태, 곧 '신'이 되고자 하는 최종 목표를 실현할 수 있는 것으로 여기게 된다. 다시 말해 작가가 그의 작품을 통해 자신의 존재근거를 확보하고, 이를 바탕으로 자신의 잉여존재를 정당화하면서 실존의 고뇌로부터 해방될 수 있고, 또 자신의 존재의 구렁텅이에서 벗어나 '구원'을 받을 수 있게 되는 것이다. 또한 사르트르의 용어를 빌리자면, 작가는 그가 창작한 작품과의 관계에서 '본질적'이라고, 그러니까 절대적으로 '필요한' 존재라고 느낄 수 있게 되는 것이다. 사르트르는 정확히 이런 이유로 작가에게 특별한 지위를 부여했고, 또 그 자신 역시 작가가 되고자 했다.

그렇다면 작가의 쓰기 행위에서 비롯된 '작품'이 대체 어떤 마법을 부리길래 이와 같은 엄청난 결과가 가능한가? 이 질문에 답을 하기 위해서는 작가의 쓰기 행위에 의해 이 세계에 출현하게 된 '작품'을 좀 더 눈여겨보아야 할 필요가 있다. 사르트르도 '소유'에서 '소유하는 자'와 '소유대상'의 관계에서 '중요한 항목'은 바로 "소유대상"이라고 말하고 있고, 소유의 개념을 '마법magie'과도 같은 것으로 여기고 있다. "소유는 마법적 관계rapport magique이다." 이제 소유대상의 비밀을 낱낱이 밝혀 보도록 하자.

사르트르에 의하면 작가에 의해 창조된 '작품'은 두 가지의 상반되는 존재론적 면모를 가진 것으로 이해된다. 첫 번째 면모는 작품이 '작가'와 같다는 것이다. 작가는 작품을 창조하는 과정에서 그의 정신과 관련된 모든 것을 쏟아 붓는다. 그의 주체성, 그의 자유, 그의 사상, 그의 표지, 곧 그의 '혼魂'이 거기에 투사되는 것이다. 흔히 작가나 화가 등은 사인회를 하거나 전시회를 할 때 자신들의 '자식'을 세상에 내보낸다는 표현을 사용하곤 한다. 이처럼 작품은 그것을 이 세상에 있게끔 한 주체의 '분신alter ego', 곧 또 다른 '자아moi'로 여겨진다. 사르트르의 용어를 빌리면 작품은 곧 그것을 만든 사람의 '대자적' 면모와 같은 것으로 여겨진다. 다시 말해 한 인간에 의해 창작된 작품은 이 인간의 정신적 측면을 고스란히 그 안에 담고 있는 것으로 이해된다.

작가에 의해 창작된 '작품'이 가지는 두 번째 면모는 첫 번째 면모와는 완전히 다른 것이다. 작가에 의해 창작된 작품은 그 창작자인 작가와는 아무런 관련이 없는 존재, 그와는 완전히 독립된 존재, 그에 대해 무관심한 존재로 여겨진다. 작가가 이 작품에서 눈을 돌려도 그것은 거기에 그대로 있으며, 그의 외부에 존재한다. 이처럼 작가와 작품은 완전한 외재적 관계의 구성 요소이다. 사르트르의 용어를 빌리자면, 이것이 바로 작품이 갖는 '즉자적' 면모이다. 이것은 이 작품이 작가의 '비아非我, non-moi'라는 것을 의미한다.

이렇게 해서 작가가 작품 창작을 마쳤을 때, 그는 이와 같은 이중의 서로 다른 면모를 가진 작품 앞에 서 있게 되는 것이다. 그런데 우리는 위에서 인간 실존의 세 범주 사이에 발생하는 이중의 환원을 다루면서 '함'은 '가짐'으로, '가짐'은 '있음'으로 환원된다는 사실을 지적한 바 있다. 작가 역시 그의 손으로 작품을 직접 만들면서 그것을 소유하고, 또 그렇게 함으로써 이 작품과 내적 존재 관계를 맺고자 한다. 이제 이와 같은 과정의 의미가 무엇인가를 살펴보도록 하자.

방금 위에서 우리는 작가에 의해 창작된 작품이 갖는 이중의 면모, 곧 그것의 대자적 면모와 즉자적 면모를 살펴보았다. 일단 작가가 살아 있다고 가정하자. 그러면 그는 현재 '대자'의 방식으로 존재한다는 것이 분명하다. 그런 그가 자신의 손으로 만든 작품을 소유하는 경우, 우리는 일단 이 관계를 '작가-작품'의 형태로 도식화할 수 있다. 그런데 '작가'는 '대자'의 방식으로, '작품'은 '대자'임과 동시에 '즉자'의 방식으로 존재하기 때문에, '작가-작품'의 형태는 '자아-또 다른 자아', 즉 대자-대자le pour-soi-pour-soi' 또는 '자아-비아非我', 즉 대자-즉자le pour-soi-en-soi'의 형태로 도식화될 수 있을 것이다. 일단 '대자-대자'의 형태는 옆으로 제쳐 놓기로 하자. 그렇다면 '대자-즉자'의 형태로 도식화되는 '작가-작품'의 의미는 무엇일까?

　　이 '소유자-소유대상'의 결합에서 '소유자'에 해당하는 '작가'에 대해서는 별로 할 말이 없다. 왜냐하면 그는 사르트르의 사유 체계에서 일반적 인간이 갖는 모든 특징을 가지고 있기 때문이다. 다만 그는 살아가면서 쓰기 행위를 선택한 것뿐이다. 문제는 '소유대상'인 '작품'이다. 위에서 우리는 이 작품이 갖는 두 가지 면모에 주목해 보았다. 그런데 그 두 가지 면모 중 '즉자'로서의 면모에 다시 한 번 주목해 보자. 왜냐하면 '마법'을 부리는 것으로 여겨지는 '소유' 개념의 비밀이 이 두 번째 면모에 있는 것처럼 보이기 때문이다.

일단 위에서 지적한 것처럼 '작가-작품' 또는 '소유자-소유대상'이 외형적으로 '대자-즉자'의 형태를 띨 수 있다는 것은 쉽게 알 수 있다. 그런데 이 형태는 이미 우리에게 익숙하다. 왜냐하면 이 형태는 사르트르의 사유에서 인간의 최후 목표인 '신', 곧 '자기원인자'로 존재하는 '신'의 존재 방식과 같은 것이기 때문이다. 앞에서 보았듯이, 신은 자기 안에 자기의 존재근거를 포함하고 있는 존재로 이해된다. 그런데 사르트르는 정확히 '작가-작품'의 결합, 곧 '소유자-소유대상'의 결합에서 이와 같은 '대자-즉자'의 결합, 곧 '신'이 되고자 하는 욕망 구현의 한 형태를 보는 것이다. 다만 작가에 의해 구현되는 '대자-즉자'의 결합이 정말로 '신'의 존재 방식과 같아지려면, '즉자' 안에 이 작가의 존재근거가 포함되어 있어야 할 것이다. 그렇지 않으면 작가가 작품을 직접 창작하여 그것을 소유하면서 나타나는 마법의 효력이 발휘되지 않을 것이기 때문이다. 과연 작가에 의해 창작된 작품에 그의 존재근거가 포함되어 있는가?

이 질문에 대한 사르트르의 대답은 '그렇다'이다. 왜 그럴까? 겉으로 보면 작가에 의해 창작된 '작품'과 이 세계에 있는 다른 사물 존재들 사이에는 아무런 차이가 없다. 왜냐하면 작가의 작품이든, 이 세계 있는 다른 사물 존재들이든 간에 '즉자'의 방식으로 존재하기 때문이다. 하지만 그것들의 공통점은 거기에서 그친다. 이 세계에 있는 다른 존재들은 그야말로 우연적인 존재들에 불과하다. 사르트르가 무신론을 가정하고 있기 때문에 이것은 달리 진행될 수가 없다. 반면 '작품'은 다른 누구도 아닌 작가에 의해 창작된 것이다. 작품을 이 세계에 출현시킨 것은 바로 '작가'이다. 그러니까 작가는 작품을 그 '기원orgine'에서부터 책임지고 보증해 주고 있는 것이다. 요컨대 작가가 없다면 이 작품은 세계에 존재할 수 없는 것이다. 이런 의미에서 작가는 '작품'의 '존재이유raison d'être'가 된다.

소유한다는 것, 그것은 "나를 위해 갖는다"는 것이다. 다시 말하자면 대상 존재의 본래 목적이 되는 일이다. 소유가 온전하게 그리고 구체적으로 이루어지는 경우에 소유하는 자는 소유되는 대상의 '존재이유'이다.[44]

이런 이유로 작가가 손수 창작한 작품을 소유할 때, 그는 작품을 통해 자신의 '존재근거'를 갖게 된다는 것이 사르트르의 주장이다. 작가는 다른 그 누구도 아닌 그 자신에 의해 존재이유가 주어진, 바꿔 말해 그 자신에 의해 근거가 부여된 작품을 직접 소유하게 되는 것이다. 게다가 이런 과정을 거쳐 이유를 알 수 없이 그냥 거기에 있는 이 작가의 잉여존재는 정당화된다. 왜냐하면 이 작가는 이 작품의 출현에 없어서는 안 될 그런 존재, 곧 필수불가결한 존재로 요청되기 때문이다. 요컨대 작가는 자기 작품에 대해 '창작자'의 자격으로 '본질적'이라고 느끼게 되는 것이다.

이리하여 나는 내가 나에 대해 무관심한 것으로서, 그리고 즉자로서 존재하는 한도에서 나의 근거이다. 그런데 이것이 바로 즉자-대자의 기도 그 자체이다. … 소유하는 대자와 소유되는 즉자의 이 한 쌍은, 스스로 자기 자신을 소유하기 위해 있는 존재, 그것의 소유가 자기 자신의 창작인 존재, 다시 말해 신의 존재와 맞먹는 것이다. 이렇게 하여 소유하는 자는 자기의 즉자존재, 자기의 외부 존재를 향유하는 것을 목표로 한다.[45]

이와 같은 과정을 거쳐 작가가 자기 손으로 쓴 작품을 소유하면서 '즉자-대자'의 결합을 구현하는 것, 곧 '신'이 되고자 하는 욕망을 실현하는 것, 이것이 바로 사르트르에 의해 제시된 문학을 통한 개인의 '구원'에 해당한다. 그리고 사르트르는 이와 같은 구원에 이르는 과정을 『구토』의 중심 인물인 로캉탱을 통해 잘 보여 주고 있다. 로캉탱은 살아가면서 수많은 모험을 한다. 하지만 한 흑인 여가수가 부르는 '머지않은 어느 날Some of theses days'이라는 재즈곡을 들으면서 그녀와 이 노래 작곡자의 구원 가능성을 느끼게 된다.

그녀가 노래한다. 바로 여기 구원받은 두 사람[46]이 있다. 유대인과 흑인 여자. 구원받은 사람들, 이들은 아마 실존 속에 빠져 어쩌면 자신들이 완전히 파멸되었다고 느꼈을지 모른다. 하지만 아무도, 내가 이렇듯 다정하게 이들을 생각하는 것처럼 나를 생각해 줄 수는 없을 것이다. … 이들은 존재한다는 죄악으로부터 구원되었다. 물론 완전한 것은 아니다. 그러나 사람이 할 수 있는 만큼은 된다. 이 생각이 갑자기 나를 뒤흔들어 놓았다. 왜냐하면 나는 더 이상 이것을 기대조차 하지 않고 있었기 때문이다.[47]

이와 마찬가지로 로캉탱 자신은 "한 권의 소설"을 창작함으로써 그 자신의 존재의 우연성, 잉여존재성을 극복하길 바라는 것이다.

한 권의 책. 한 권의 소설. 이 소설을 읽고 이렇게 말하는 사람들이 있을 것이다. "이 책을 쓴 사람은 앙투안 로캉탱이다. 그는 카페에서 얼쩡거리던 붉은색 머리카락을 가진 사내였다." 그리고 그들은 마치 내가 이 흑인 여자의 삶에 대해 생각하듯 나의 삶에 대해 생각할 것이다. 귀중하고 거의 전설

과 같은 그 어떤 것처럼. 한 권의 책.[48]

앞에서 우리는 사르트르의 존재론 안에 머물면서 인간이 궁극적으로 '무용한 정열'이라는 사실을 지적한 바 있다. 그러니까 인간이 최종적으로 '즉자-대자'의 결합을 실현하고, 이를 통해 자기 자신의 존재근거를 확보함과 동시에 자기 존재의 우연성과 잉여존재성에서 벗어날 수 없다는 것이 사르트르가 『존재와 무』에서 내리는 비극적인 결론이었다. 그럼에도 불구하고 사르트르는 『문학이란 무엇인가』의 두 번째 글 「왜 쓰는가」에서 인간이 '무용한 정열'이 아니라 '대자-즉자'의 결합을 구현할 수 있는 가능성을 제시하고 있다. 그렇다면 이 두 주장 사이에 모순은 없는 것일까?

이 문제와 관련하여 다음과 같은 사실을 지적하자. '소유' 개념에 포함된 '마법'의 비밀을 풀려고 노력하면서 작가에 의해 창작된 '작품'이 갖는 '대자적' 면모를 옆으로 제쳐 놓았다는 사실이 그것이다. 이 사실을 고려할 경우, 작가는 자기 손에 의해 창작된 작품을 소유하면서도 그가 원하는 '즉자-대자'의 결합을 실현하지 못할 수도 있게 된다. 다시 말해 이 작가의 구원은 실패로 돌아갈 수도 있다. 따라서 이 문제를 해결하지 않고서는 작가의 작품을 통한 구원의 문제에 대해 충분한 결론을 내릴 수 없을 것이다. 우리의 판단으로 이 문제는 '쓰기' 행위와 '읽기' 행위의 결합 필요성, 즉 '작가'와 '독자'의 협력 필요성과 직결되어 있으며, 나아가서는 '참여문학'의 본질 중 하나인 '이웃을 위한 문학'과도 밀접하게 연결된 것으로 보인다. 이제 작가에 의해 창작된 작품이 갖는 '대자적' 면모에 주목해 보자.

작가가 직접 창작한 '작품'을 자신이 소유하는 경우에 나타날 수 있는 두 가지 가능성은 '대자-즉자'의 결합과 '대자-대자'의 결합이었다. 우리는 지금까지 '대자-즉자'의 결합이 갖는 의미를 살펴보았다. 그런데 이 작가에 의해 창작된 '작품'은 그의 정신에 관련된 모든 것을 담고 있는 그의 또 하나의 '자아'로 이해되었었다. 그러니까 작품은 이 작가의 '분신'이었다. 따라서 작가가 작품을 소유하면서 구현하게 되는 '작가-작품'의 결합, 곧 '소유자-소유대상'의 결합은 '대자-대자'의 결합으로 나타나게 되는 것이다. 이와 같은 현상에 대해 사르트르는 이렇게 말하고 있다. 작가는 그가 쓴 작품 속에서 자신을 재발견할 따름이라고 말이다. 다시 말해 작가가 쓴 작품을 자신이 읽을 경우 결코 '대자-즉자'의 결합에 필요한 작품의 '즉자화', 곧 '객체화'가 이루어지지 않는다는 것이다.

어느 풋내기 화가가 스승에게 이렇게 물었다. "언제 제 그림이 완성되었다고 생각해야 할까요?" 그러자 스승은 대답했다. "네가 네 그림을 바라보고 스스로 놀라서 '내가 이것을 그렸다니!' 하고 말할 때이다." 이것은 결코 그럴 수 없다는 것과 같은 말이다. … 그러나 우리 자신이 제작의 규칙이나 척도나 규준을 만들고, 우리의 창조적 충동이 우리의 가장 깊은 가슴속으로부터 솟아오르는 경우에 우리의 작품에서 찾아볼 수 있는 것은 우리 자신일 따름이다. 화폭이나 종이 위에서 얻은 결과가 우리의 눈에는 결코 '객체적'으로 보이지 않는다. 그런 결과를 낳은 수법을 너무나 잘 알고 있기 때문이다. 이 수법은 끝끝내 주체적인 발견일 따름이다. 이것은 우리 자신이며 우리의 영감이며 우리의 계략이다. 그리고 자신의 작품을 '지각하려고' 애쓸 때도, 우리는 이것을 또다

시 만들어 내는 작업을 머릿속에서 반복할 따름이며, 작품의
모습 하나하나가 모두 결과로밖에는 보이지 않는 것이다.[49]

위의 인용문을 통해서 짐작할 수 있는 것처럼, 작가가 직
접 창작한 작품을 소유하면서 '작가-작품'의 결합에서 '대
자-즉자'가 아니라 '대자-대자'의 결합만을 구현할 뿐이라
면, 그의 쓰기 행위는 실패로 끝나게 될 것이다. 하지만 이
런 상황은 결코 작가가 원하는 바가 아닐 것이다. 그렇다면
이제 작가는 어떻게 처신하게 될까? 작가의 길을 포기하고
다른 길을 선택할까? 아니면 계속 작가의 길을 갈까? 만일
그가 작가의 길을 계속 가고자 한다면, 그는 자기 작품과의
관계에서 '대자-대자'의 결합을 '대자-즉자'로 변환시킬 수
있는 방책을 강구해야만 할 것이다. 바로 여기에 '쓰기' 행
위와 '읽기' 행위의 필요성이 제기되고, 이를 계기로「왜 쓰
는가」라는 글의 방향이 급격하게 바뀌게 된다.
　위의 질문들과 관련하여 한 가지 흥미로운 것은, 사르트
르가『구토』에서 로캉탱의 마지막 결심, 즉 "한 권의 소설"
을 쓰겠다고 마음을 먹었을 때, '다른 사람들의 존재'를 암

시하고 있다는 점이다. 다시 한 번 그 부분을 살펴보자. "한 권의 책. 한 권의 소설. 이 소설을 읽고 이렇게 말하는 사람들이 있을 것이다. '이 책을 쓴 사람은 앙투안 로캉탱이다. 그는 카페에서 얼쩡거리던 붉은색 머리카락을 가진 사내였다.' 그리고 그들은 마치 내가 이 흑인 여자의 삶에 대해 생각하듯 나의 삶에 대해 생각할 것이다." 이 부분에서 로캉탱이 쓴 "소설을 읽고 이렇게 말하는 자들"이 바로 그들이다.

또한 우리는 쓰기 행위와 관련된 '다른 사람들'의 존재를 만난 적이 있다. "작가란 세계와 특히 인간을 다른 사람들에게 드러내 보이기를 선택한 사람인데, 그 목적은 이렇게 드러낸 대상 앞에서 그들이 전적인 책임을 지도록 하기 위한 것이다." 이 부분에서도 드러내기와 동의어인 작가의 쓰기 행위는 '다른 사람들에게'로 향한다. 이처럼 '다른 사람들'의 존재가 쓰기 행위와 연결되어 있는 것은 방금 위에서 제기된 질문, 곧 작가가 자기 작품을 소유하면서 '대자-즉자' 대신 '대자-대자'의 결합을 구현한 뒤에 작가의 길을 계속 갈 것인가의 여부를 결정하는 문제와 밀접하게 연결된 것처럼 보인다.

  이 점과 관련하여 사르트르가 「왜 쓰는가」에서 소개한 문
학작품과 '팽이'의 비교는 흥미롭다. 팽이가 서 있기 위해서
는 계속해서 외부에서 일정한 힘이 가해져야만 한다. 이것
이 팽이의 운명이다. 이와 마찬가지로 문학작품 역시 '쓰기'
행위와는 전혀 다른 '읽기' 행위라고 하는 행위에 의해서만
존립할 수 있다는 것이 사르트르의 주장이다. '쓰기' 행위가
'읽기' 행위에 의해 지탱되지 못한다면, 문학작품은 "종이
위에 박힌 검은 흔적tracés noirs sur le papier"일 뿐이라는 것이다.
여기서 우리는 사르트르의 『문학이란 무엇인가』에서 '읽기'
행위가 필수적이라는 사실을 짐작할 수 있다.

  그렇다면 '읽기' 행위는 어떤 행위인가? 상식적으로 보면
읽기 행위는 단순히 작가가 쓴 작품의 책장을 넘기는 행위
이다. 하지만 사르트르는 이 행위에 더 심오한 의미를 부여
하고 있다. 사르트르는 읽기 행위를 빛에 필름이 자동으로
반응하는 것과 같은 기계적 작용으로 보는 것을 거부하고
있다. 그러니까 읽기 행위는 단순히 책장을 넘기는 행위가
아니다. 특히 읽기 행위에는 그 주체인 독자의 '시선regard'

이 동반된다. 그런데 사르트르의 존재론에서 이 시선은 그 주체가 바라보는 모든 것을 객체화시킬 수 있는 강력한 "힘 puissance"으로 규정된다.[50] 또한 시선은 그 주체의 주체성과 같은 것으로 이해된다. 그러니까 시선의 주체가 뭔가를 볼 때, 그의 시선을 따라 주체성이 흐른다고 할 수 있다. 즉 읽기 행위의 주체인 독자는 읽기 행위를 통해 문학작품을 봄으로써 작품 속에 그의 주체성을 '흘려 넣게couler' 된다. 이렇게 해서 독자는 이 작품을 객체화시키게 된다는 것이 사르트르의 주장이다.

타자가 나의 책 속에 그 자신의 주체성을 흘려 넣을 때, 다시 말해 나의 책을 재창조할 때 나의 책은 나에게 있어서 그것의 객체성 속에 존재하게 된다. 타자의 평가라는 시각 속에서 내가 나의 책을 다시 읽을 때 나는 그 책 속에서 어떤 깊이를 발견하게 된다. 이 깊이는 나 자신을 위해서 내가 이 책 속에 절대로 불어넣을 수 없었던 그런 깊이이다.[51]

이처럼 독자가 작가에 의해 창작된 작품에 객체적인 면

을 부여하려면 독자는 자유, 초월, 주체성의 상태에 있어야
만 한다. 이는 달리 진행될 수 없다. 그도 그럴 것이 사르트
르의 사유 체계에서 자유는 다른 자유에 의해서만 제한될
수 있기 때문이다. 게다가 읽기 행위에 그 주체인 독자의
'시선'이 동반된다면, 이 행위는 자유의 산물임이 틀림없다.
왜냐하면 시선의 주체는 자유, 초월, 주체성의 상태에 있어
야 하기 때문이다. 요컨대 읽기 행위의 주체인 독자는 자유
롭고도 독립적인 상태에서 작가에 의해 창작된 작품을 읽
으며 거기에 객체성, 곧 '즉자적' 면모를 부여하는 것이다.

그러나 또한 작품은 타자에 의해 인정되고 그 가치가 평가되
어야만 한다. 작품은 실제로 타자에 의해 그리고 타자를 위
해 이루어진다. 타자의 협력은, 비록 그것이 이 작품의 완전
한 외재성을 부여하는 것일지라도 필수불가결한 것이다. 그
런데 타자는 예측 불가능한 자유이다.[52]

그렇다면 과연 작가와의 관계에서 작가[53]와 독자가 모두
자유 상태에 있는 것만으로 충분할까? 사르트르는 이 문제

에 답하면서 작가와 독자 사이의 관계에 또 하나의 결정적 조건을 포함시키고 있다. 그것은 바로 쓰기 행위와 읽기 행위의 주체가 같은 사람이면 안 된다는 조건이다. 이것 역시 달리 진행될 수 없다. 그도 그럴 것이 작가의 쓰기 행위를 통한 구원의 실패는 결국 그가 자신의 작품 속에서 그 자신의 모습만을 발견하며 '대자-즉자'의 결합 대신 '대자-대자'의 결합을 실현하는 데서 기인했기 때문이다. 작가가 자기 작품을 소유하면서 구현할 수 있는 '대자-대자'의 결합을 '대자-즉자'의 결합으로 변환시키기 위해서는 반드시 그와는 '다른' 존재, 곧 읽기 행위의 주체인 '독자'의 존재가 반드시 필요하다.

> 쓴다는 작업은 그 변증법적 상관자로 읽는다는 작업을 함축하는 것이며, 이 두 가지 연관된 행위는 서로 다른 두 행위자를 요청한다.[54]

이 단계에서 우리는 사르트르의 참여문학론이 어떤 이유로 "다른 사람들"과의 관련 하에서 이해되고 있는지를 알 수 있다. 애초에 쓰기 행위의 선택 동기는 작가의 구원, 곧 그 자신이 창작한 작품을 소유하면서 '대자-즉자'의 상태를 구현하는 것이었다. 하지만 작가 혼자서는 결코 이런 상태를 완벽하게 구현할 수 없다는 것이 사르트르의 주장이었다. 왜냐하면 작품이 곧 그것을 창작해 낸 작가의 혼과 관련된 모든 것을 담고 있는 또 '다른 작가', 즉 그의 또 다른 '대자'인 이상, 그는 이 작품을 소유하면서 '대자-즉자'의 결합 대신 '대자-대자'의 결합을 구현할 수도 있기 때문이었다. 이런 상황에서 작가는 자기와는 다른 주체인 독자에게 향하면서 자신이 창작해 낸 작품에 객체적인 면을 부여해 주길 희망하는 길을 선택할 수밖에 없었다. 실제로 독자는 작가의 작품을 읽으면서 거기에 자신의 주체성을 흘려 넣으면서 이 작품을 객체화시키는 임무를 수행한다는 것이 사르트르의 주장이었다. 이런 이유로 사르트르는 "문학이란 대상은 독자의 주체성 이외에는 다른 어떤 실체도 갖지 않는다"고 선언한다. 작가의 작품은 독자가 자신의 읽기 행위를 통해서 부여하는 객체적인 면모, 곧 즉자적인 면모만큼만 존재하는 것이다. 다만 이 모든 것이 가능하려면 작가와 독자 모두 자유 상태에 있고, 또 이 두 명은 서로 다른 주체여야 한다는 것이 계속되는 사르트르의 주장이었다.

이제 우리는 『문학이란 무엇인가』에 실린 두 번째 글인 「왜 쓰는가」에서 볼 수 있는 작가의 쓰기 행위가 "하나의 불완전하고 추상적인 계기"에 불과하며, "정신의 작품이라는 구체적이며 상상적인 대상을 출현시키는 것은 작가와 독자의 결합된 노력"이라는 사르트르의 주장을 이해할 수 있다. 여기서 "정신의 작품이라는 구체적이며 상상적인 대상"은 당연히 '문학작품', 그것도 '산문'으로 된 문학작품을 가리킨다. 그리고 "작가와 독자의 결합된 노력"이란 자연스럽게 서로 다른 쓰기 행위 주체와 읽기 행위 주체의 자유의 결합, 주체성의 결합을 가리킨다. 사르트르의 참여문학론에서 작가에 의해 창작된 작품은 결국 이 작품을 읽는 독자의 주체성을 통해서만 완성될 수 있게 된다. 이런 관점에서 우리는 문학작품을 작가와 독자의 "상호주체성의 발산 émanation de l'intersubjectivité"으로 보는 사르트르의 의중을 헤아릴 수 있다. 그러니까 서로 다른 작자와 독자가 각각 자신들의 주체성을 하나의 작품 속에 투사하고 흘려 넣음으로써 공동으로 '작품 Œuvre'을 만들어 내는 것이다.

바로 거기에 『문학이란 무엇인가』에서 가장 비의적^{秘意的}인 문장 중 하나인 "타자를 위한 예술과 타자에 의한 예술만이 존재할 뿐이다 Il n'y a d'art que pour autrui et par autrui"⁵⁵의 두 번째 부분, 곧 "타자에 의한 예술"을 결정하는 모든 메커니즘이 백일하에 그 모습을 드러낸다고 할 수 있다. 물론 이 문장에서 '예술'은 문학을, 그중에서도 산문 문학을 가리키고 '타자'는 '독자'를 가리킨다. 따라서 이 문장은 "독자를 위한 문학과 독자에 의한 문학만이 존재할 뿐이다"라고 바꿔 쓸 수 있다. 우리는 사르트르의 참여문학론의 중요한 한 축^軸을 구성하고 있는 '독자에 의한 문학'의 메커니즘을 살펴봄으로써 작가의 쓰기 행위가 "다른 사람들"에게 향해야만 하는, 그리고 『구토』에서 로캉탱의 소설이 "다른 사람들"에 '의해 par' 절대적으로 읽혀야만 하는 비밀을 밝혀내기에 이른 것이다.

3장
누구를 위해 쓰는가

1. 까다로운 독자

　우리는 『문학이란 무엇인가』의 두 번째 글인 「왜 쓰는가」에 주목하면서 쓰기 행위의 주체인 작가가 자신의 창작물인 작품과의 관계에서 '본질적'이라고 느끼는 것을 최종 목표로 한다는 사실을 살펴보았다. 하지만 작가가 홀로 이 목표를 달성하는 것은 불가능했다. 그리고 독자의 존재는 작가가 작품을 창작해서 소유함으로써 '대자-즉자'의 결합을 구현함과 동시에 자신의 잉여존재에서 벗어나 '신'의 존재 방식에 도달한다는 목표의 실현에서 필수불가결한 요소로 등장했다. 이를 바탕으로 우리는 사르트르의 참여문학론의 주요 두 축 중 하나인 "타자에 의한 예술", 곧 '독자에 의한 문학'의 메커니즘을 살펴보았다. 그 과정에서 독자는 작가의 목표 달성을 위해 필요한 사항, 즉 그의 작품을 읽어줌과 동시에 그가 '대자-즉자'의 결합을 구현하는 데 절대적으로 필요한 '즉자적' 면모를 마련해 주기 위해 아무런 조건 없이 협력한다는 사실을 암암리에 전제했었다. 그런데 과연 그럴까? 읽기 행위의 주체는 아무런 조건 없이 작가를 도와줄까?

물론 독자는 그 과정에서 작가로부터 두 가지 특혜를 받았다. 하나는 작가에 의해 독자의 '자유'가 인정되었다는 점이다. 작가는 그 자신이 창작해 낸 작품에 객체적인 면을 부여해 달라는 의미에서 독자의 자유, 초월, 주체성을 인정했다. 다른 하나는 작가에 의해 독자의 존재가 '필수불가결한' 존재로 여겨졌다는 사실이다. 이처럼 독자가 작가로부터 받은 특혜는 무상일까? 거기에 아무런 요구 조건이 따르지 않는 것일까? 지금까지의 논의로 보아서는 꼭 그렇지만은 않은 것처럼 보인다. 왜냐하면 일단 독자는 작가의 작품을 읽고 거기에 '즉자적'인 면모를 부여해 주어야 하기 때문이다.

그런데 여기서 중요한 질문들이 연이어 제기된다. 대체 작가의 작품을 읽고 거기에 '즉자적'인 면모를 부여한다는 것은 무엇을 의미하는 것일까? 독자의 이런 작업은 쉬운 일일까? 독자가 이 작업을 거부하는 일은 없을까? 우리의 판단으로는 이런 질문들이 『문학이란 무엇인가』의 두 번째 글인 「왜 쓰는가」와 세 번째 글인 「누구를 위해 쓰는가」의 핵심 주제에 해당하는 것처럼 보인다. 그리고 이 질문들은 「왜 쓰는가」에서 우리가 주목했던 사르트르의 참여문학론의 두 주요 축 중 하나인 "타자를 위한 예술", 곧 '독자를 위한 문학'의 축과도 밀접하게 연결되어 있다.

위의 질문들에 답을 하기 위해 다음과 같은 두 가지 사실에 주목하자. 하나는 읽기 행위의 주체인 독자도 일반적인 인간에 속한다는 사실이다. 일반적인 인간과 작가와 마찬가지로 독자 역시 그 이유를 알 수 없이 그냥 이 세계에 있는 잉여존재이다. 따라서 그 또한 실존하면서 자신의 존재 근거를 마련하고 이를 바탕으로 '대자–즉자'의 결합을 추구하는 존재, 곧 '신'이 되고자 하는 존재이다. 다른 하나는 독자에게 읽기 행위는 부수적이고 이차적인 행위라는 사실이다. 작가에게 쓰기 행위는 일차적이고 가장 중요한 행위이다. 하지만 독자는 일차적으로 다른 일에 종사할 수 있고, 따라서 읽기 행위는 해도 그만 안 해도 그만인 행위라는 것이 분명하다. 독자가 작가에 의해 창작된 작품을 읽고 안 읽고는 전적으로 그의 자유의 소관이다. 어떤 경우에도 작가가 독자에게 그의 작품을 읽으라고 강요할 수는 없는 노릇이다. 하지만 작가에게 독자라는 존재는 절대적으로 필요한 협력자이다. 그렇다면 문제는 과연 자유로운 독자는 작가가 의도한 대로 행동해 줄까, 다시 말해 그의 작품을 읽고 거기에 객체적인 면을 부여해 주면서 그 역시 '대자-즉자'의 결합 상태를 구현할 수 있는가를 알아보는 것이 될 것이다.

앞에서 우리는 작가에 의해 창작된 작품을 읽는 독자에게 두 가지 특혜가 주어진다는 사실을 지적한 바 있다. 작가에 의해 독자의 자유가 인정된다는 것과 독자가 작가에 의해 필수불가결한 존재로 여겨진다는 것이었다. 그런데 이번에는 사르트르가 이와 같은 자유를 바탕으로 이루어지는 읽기 행위를 쓰기 행위와 마찬가지로 하나의 '창작 행위 création'로 보고 있다.

> 따라서 책에 나열된 수천 개의 낱말들을 하나하나 모두 읽는다 해도 작품의 의의意義, sens[56]가 나타난다는 보장은 없다. 의의는 낱말들의 총화가 아니라 이것의 유기적인 전체이다. 독자가 처음부터 단번에 그리고 거의 어떤 도움도 받지 않고 이 침묵의 단계에 올라서지 못한다면 아무것도 이루어지지 않는다. … 그리고 이 작업을 재발명이나 발견이라고 부르는 것이 차라리 마땅하지 않겠느냐고 말하는 사람이 있다면, 나는 우선 이와 같은 재발명이 최초의 발명과 똑같이 새롭고 독창적이라고 말하겠다.[57]

그렇다면 작가가 그의 손에 의해 창작된 작품을 소유하면서 이 작품에 대해 '본질적'이라고 느꼈듯이, 독자 역시 작가의 작품을 읽는 동안만이라도 읽기 행위를 통해 나타난 결과물, 즉 독서의 결과물을 소유하면서 '본질적'이라고 느껴야 할 것이다. 과연 그런가?

이 질문에 대한 사르트르의 답은 일단 긍정적으로 보인다. 그것도 이중으로 그렇다. 우선 독자는 읽기 행위의 결과물과의 관계에서 당연히 필요한 존재이다. 왜냐하면 독자가 없다면 그의 읽기 행위의 결과물, 즉 작가의 작품이 갖는 '즉자적' 면모는 이 세계에 출현하지 못할 것이기 때문이다. 독자는 작가의 작품이 갖는 즉자적 면모를 그 기원에서 보증하고 책임지고 있는 것이다. 그다음으로 정확히 같은 이유로 독자는 작가에 의해 필요한 존재로 여겨진다. 이는 달리 진행될 수 없다. 그도 그럴 것이 작가는 독자를 그의 쓰기 행위의 완성에 절대로 없어서는 안 될 존재로 여기기 때문이다. 이렇듯 작가와의 관계에서 독자에겐 아무런 불만이 없어 보인다. 독자는 작가의 도움으로 읽기 행위의 결과물을 소유하기만 하면, 그것에 대해 '본질적'이라는 느낌을 갖게 되고, 따라서 그것을 통해 그의 최종 목표인 '대자-즉자'의 결합,[58] 곧 '신의 존재 방식에 도달할 수 있는 것처럼 보인다. 일단 이론적으로는 그렇다.

하지만 사르트르는 독자에게 나타나는 불만이 완전히 해

소된 것은 아니라고 보고 있다. 그중 하나는 바로 읽기 행위를 하는 동안 독자의 자유가 작가에 의해 제한된다는 것이다. 그러니까 독자가 작품을 읽는 동안 작가에 의해 인정된 독자의 자유는 '완벽한' 자유가 아니라는 것이다. 왜 그럴까? 그 이유에 주목해 보자. 사르트르가 읽기 행위를 '창작 행위'로 간주한다는 사실은 앞에서 지적한 대로이다. 그런데 이와 같은 읽기 행위는 완전히 자유로운 창작 행위가 아니라 "인도된 창조création dirigée"라는 것이 사르트르의 주장이다.

이 모든 것은 결코 미리부터 주어져 있는 것이 아니라, 독자 스스로가 쓰인 것을 부단히 초월하면서 발명해 나가야 하는 것이다. 하기야 작가가 독자를 인도할 것이다. 그러나 작가의 인도는 몇몇 푯말을 세워 놓는 것에 불과하고 그 사이에는 빈터가 깔려 있다. 따라서 이 푯말들을 따라가고 또 그 너머로 나아가야 하는 것이다. 한마디로 읽기란 인도된 창조이다.[59]

그렇다면 독자의 읽기 행위는 누구에 의해 '인도되는' 것일까? 어떻게 인도되는 것일까? 또 인도된다는 것은 무엇을 의미할까? 이 질문들과 관련하여 다음과 같은 사실을 지적하자. 우리가 앞에서 '독자의 읽기 행위의 결과물'이라는 표현을 사용하고도 그것의 정체가 무엇인지를 명확히 밝히지 않았다는 사실이 그것이다. 위의 질문들은 이 결과물과의 관련 속에서만 대답이 가능한 것처럼 보인다. 또한 우리는 앞에서 이 결과물이 작가가 쓴 작품의 '객체적인 면'과 같다는 사실을 지적한 바 있다. 따라서 '독자의 읽기 행위의 결과물'의 정체에 관련된 질문은 당연히 이 작품의 '객체적인 면'이 무엇인가의 질문에 다름 아니다.

그런데 '독자의 읽기 행위의 결과물'과 작품의 '즉자적' 면모는 이 작품의 '의의'와 같은 것으로 보인다. 앞에서 지적한 것처럼 사르트르가 '의미'와 '의의'를 구분하고 있다는 사실을 고려하면, 독자가 작가의 작품에 즉자적인 면모를 부여하는 것은 바로 이 작품이 갖는 '의의'를 파악하는 것과 같다고 할 수 있다. 독자는 이 '의의'를 파악하는 과정에서 당연히 작가의 도움을 받는다. 바로 위의 인용문에서 사용된 사르트르의 표현에 의하면 작가는 그의 작품 곳곳에 독자가 따라가기만 하면 되는 "푯말"을 세워 놓은 것이다. 따라서 독자는 작가의 작품을 읽으면서 이 푯말들을 잘 좇아가기만 하면 된다. 하지만 사르트르는 그 다음 부분에서 독자가 "이 푯말들을 따라가고 또 그 너머로 나아가야" 한다고 말하고 있다. 사르트르는 참다운 의미에서의 독자의 '창작' 가능성을 인정하고 종용하고 있는 것이다. 그럼에도 불구하고 사르트르는 곧이어 "읽기란 인도된 창조이다"라고 선언한다. 여기서 강조되어야 할 것은 '창조'보다는 '인도된'이라는 부분으로 보인다. 그도 그럴 것이 사르트르는 "작가는 독자보다 항상 더 멀리 나아간다"고 말하고 있기 때문이다.

그렇다면 "작가는 독자보다 항상 더 멀리 나아간다"는 사르트르의 주장이 의미하는 것은 무엇일까? 일단 작가가 독자보다 더 멀리 나아간다는 것을 알 수 있으려면 어떤 기준이 있어야 할 것이다. 그래야만 비교가 가능할 것이기 때문이다. 여기서 기준은 바로 작가가 그의 작품에 투사한 그의 혼에 관련된 모든 것, 곧 그의 '의도mens auctoris'라고 할 수 있다. 이 의도가 바로 독자가 따라가야 하는 푯말이다. 사르트르에 의하면 독자는 작가의 작품을 읽고 해석하는 과정에서 작가가 작품에 쏟아 부은 '의도'를 캐내려고 하는 것이다. 경우에 따라서는 독자가 작가의 의도를 넘어서는 경우도 없지 않을 것이다. 하지만 "작가는 독자보다 항상 더 멀리 나아간다"는 것이 사르트르의 입장이기 때문에, 이론적으로 보면 독자가 작가의 의도를 넘어서는 것은 불가능하다.

우리는 이런 시각에서 사르트르가 신비평New Criticism에서 말하는 이른바 '의도의 오류Intentional Fallacy'에 빠져 있다고 말할 수 있을 것이다. 이 개념에 의하면 독자나 비평가가 작가의 의도를 완전히 캐내는 것은 불가능한 것으로 여겨지며, 따라서 모든 독서와 비평의 가치를 결정하는 것은 바로 작가의 의도로 여겨진다. 그 결과 독자와 비평가는 작가와의 관계에서 항상 자신들의 자유가 제한되는 경험을 하게 된다. 이것이 바로 "작가는 독자보다 항상 더 멀리 나아간다"는 사르트르의 주장에 담긴 의미이다.

하지만 이와 같은 결과로 파생될 수 있는 여파는 결코 작지 않은 것처럼 보인다. 왜냐하면 독자가 작가의 작품을 읽는 과정에서 자신의 자유가 제한된다는 것을 알게 되면, 그 즉시 읽기 행위를 중단할 것이기 때문이다. 다시 한 번 독자 역시 작가와 마찬가지로 일반적인 인간에 속한다는 사실을 상기하자. 그런데 독자가 읽기 행위를 그친다는 것은 그대로 작가의 모든 기획을 무산시킨다는 것을 의미한다. 특히 작품을 창작하면서 그것을 통해 자신의 존재근거를 확보하고, 이를 바탕으로 '대자-즉자'의 결합을 구현하면서 잉여존재에서 벗어나려는 작가의 목표는 한순간에 수포로 돌아가게 될 것이다.

2. 호소, 요청 및 요구

이런 상황에서 작가는 독자로 하여금 계속해서 자기의 작품을 읽어 달라고 부탁하기 위해 또 다른 조치를 취하게 된다. 그것이 바로 '호소'이다. 사르트르는 작가에 의해 창작된 작품을 '호소'로 규정한다.

창조는 오직 읽기를 통해서만 완성될 수 있기 때문에, 예술가는 자기가 시작한 것을 완결하는 수고를 남에게 맡기기 때문에, 그리고 그는 오직 독자의 의식을 통해서만 자기가 제 작품에 대해 본질적이라고 생각할 수 있기 때문에, 모든 문학작품은 호소이다.[60]

그렇다면 '호소'는 무엇인가? 사르트르는 호소를 "누군가가 누군가에게 무엇인가를 무엇인가의 이름으로 행하는 요청demande"으로 정의하고 있다. 작가와 독자의 관계에서 '호소'의 주체는 작가이고, '호소'를 받는 자는 독자라는 점이 분명하다. 그리고 작가는 독자에게 그의 작품을 '읽어 줄 것'을 '요청'한다. 작가는 독자에게 이 작품을 완성하는 수고를 해 줄 것을, 결국 그의 작품에 즉자적인 면모를 부여해 줄 것을 '요청'하는 것이다. 그렇다면 작가는 독자에게 '무엇의 이름으로' 호소를 하는 것일까? 이 물음에 대해 사르트르는 이렇게 답을 하고 있다.

호소는 제시된 하나의 과업, 다시 말해 호소하는 자가 호소

를 받는 자에게 제시하는 과업으로부터 출발해서, 그리고 그
가 이루기를 바라는 목적, 즉 여러 수단들을 상정하고 이 수
단을 이용하는 목적의 이름으로 이루어진다. 따라서 호소는
하나의 공동으로 이루어야 할 과업에 대한 호소이며, 이것은
주어진 협력이 아니라 공동의 과업을 통해 앞으로 이루어야
할 협력과 관계된다.[61]

위의 인용문에 따르면 누군가가 누군가에게 호소를 하는
경우, 이 호소는 두 사람이 공동으로 이루어야 할 하나의
목표의 이름으로 행해진다. 그런데 작가와 독자와의 관계
에서 그들에게 공동으로 해당하는 목표는 작가에 의해 시
작된 창작 행위를 독자의 협력을 얻어 완성하는 것이다. 결
국 작가가 독자에게 하는 호소는 작가 자신의 쓰기 행위를
통한 구원, 곧 그의 잉여존재의 정당화와 거기에 필수불가
결한 존재로 등장하는 독자, 곧 읽기 행위 주체의 잉여존재
를 정당화한다는 명목으로 행해진다. 따라서 작가의 호소
가 독자에 의해 받아들여질 경우 나타나는 현상은 작가에
의해 시작된 창작의 완성과 그 결과로 나타나는 이들 각자

의 '대자-즉자'의 결합의 실현이다.

　하지만 호소에는 한 가지 조건이 따른다. 사르트르에 의하면 호소는 '자유'를 전제로 해서만 이루어질 뿐이다. 따라서 호소하는 작가도 자유여야 하고, 그의 호소를 받는 독자역시 자유여야 한다. 사르트르는 "자연미가 우리 인간의 자유에 '호소한다'는 것은 결코 있을 수 없다"라고 주장한다. 이것은 호소하는 주체가 항상 인간, 그것도 자유로운 인간이라는 것을 의미한다. 또한 호소가 효력을 발휘하려면 호소를 받는 자도 자유여야 한다. 사르트르는 인간이 '수동성 passivité'에 호소할 수는 없다고 주장한다.

　내가 독자에게 호소하여 내가 시작한 일을 완성해 주기를 요청한다면, 내가 독자를 순수한 자유로서, 순수한 창조력으로서, 무조건적인 행위로서 생각한다는 것은 당연한 이야기이다. 따라서 나는 어떠한 경우에도 그의 수동성에 호소할 수없다. 다시 말해서 그에게 '작용하여' 공포, 욕망, 분노와 같은 강한 감정을 단번에 전달하려고 시도할 수 없다.[62]

이와 같은 사실을 고려하여 사르트르는 호소를 "상황 속에 있는 한 개인의 자유에 의한 상황 속에 있는 한 개인의 자유의 인정"이라고 규정하고 있다. 그런데 앞에서 우리는 사르트르의 참여문학론에서 호소에 적용되는 이와 같은 조건, 즉 작가와 독자가 모두 자유여야 한다는 조건이 별다른 문제없이 충족되고 있다는 사실을 지적한 바 있다. 자유는 작가의 쓰기 행위의 기본적 토대였고, 독자는 작가로부터 자유를 인정받는 특혜를 누렸었다. 그러니까 사르트르는 이처럼 작가와 독자의 자유를 인정한다는 호소의 조건을 충족시키면서 독자를 작가의 쓰기 행위를 통한 구원의 메커니즘 속에 붙잡아 두려고 노력하고 있다. 다시 말해 작가는 독자의 자유에 호소하면서 그 자신의 목표 달성에 협조해 달라고 '요청'하는 것이다.

'호소'에 적용되는 조건을 검토하고 난 뒤, 사르트르는 작가의 쓰기 행위를 이렇게 정의하고 있다. "쓴다는 것은 내가 언어라는 수단으로 기도한 드러냄을 객체적 존재로 만들어 주도록 독자에게 호소하는 것이다." 그런데 문제는 이 호소에 대한 정의 속에 들어 있는 '요청' 개념이다. 이 '요청'

이 문제가 되는 것은 정확히 이 개념이 '요구exigence'와 무관하지 않기 때문이다. 작가는 독자의 자유에 호소하면서 자신이 시작한 작품의 창작을 완성해 달라고 수고해 줄 것을 '요청'하고, 나아가서는 그것을 '요구'하는 것이다. 우리는 앞에서 작가에 의한 독자의 자유의 인정이 과연 아무런 대가가 없는 무상의 것일까라는 의문을 제기한 바 있다. 그런데 이 '요구' 개념은 이와 같은 의문과 밀접한 관계가 있는 것으로 보인다. 사르트르는 이제 '요구' 개념을 바탕으로 독자가 작가에 의해 인정받은 자유에 대한 '대가'를 치러야 한다는 점을 강조하고 있다.

그 반면에 책은 나의 자유에 봉사하는 것이 아니라 나의 자유를 요구한다. 사실 우리는 강요나 매혹적 탄원을 통해서 남의 자유에 호소할 수 없다. 자유에 도달하는 방법은 하나뿐이다. 그것은 우선 자유를 인정하고, 그다음으로 자유를 신뢰하며 마지막으로 자유의 이름으로, 다시 말해서 그것에 대한 신뢰의 이름으로 그 자유로부터 어떤 행위를 요구하는 exiger 것이다. 따라서 책은 도구처럼 어떤 목적을 위한 수단

이 아니라, 독자의 자유에 대해서 자신을 목적으로 제시하는 것이다.[63]

이렇듯 작가는 독자들의 자유에 호소하기 위해 쓰고, 자신의 작품을 존립시켜 주기를 그들의 자유에 요청한다. 그러나 작가의 요청은 그것으로 그치는 것이 아니다. 작가는 그가 독자들에게 주었던 신뢰를 자신에게 되돌려 주기를 요청한다. 다시 말해서 독자들이 그의 창조적 자유를 인식하고, 동일한 성질의 호소를 통해서 이번에는 거꾸로 그의 자유를 환기해 주기를 요청하는 것이다. 사실 바로 이 점에서 읽기의 또 다른 변증법적 역설이 나타난다. 즉 우리들 독자는 우리의 자유를 느끼면 느낄수록 더욱 타인인 작가의 자유를 인식하게 된다. 마찬가지로 작가가 우리에게 요구하면 할수록 우리도 그에게 더 요구하는 것이다.[64]

그런데 이 '요구'라는 개념 역시 좀 더 면밀히 들여다보아야 할 필요가 있다. 왜냐하면 이 개념으로 인해 독자가 작가에 대한 협력을 거절할 수도 있기 때문이다. 이와 관련하여 다음과 같은 두 가지 사실을 지적하자. 하나는 사르트르가 '요구'를 '명령ordre'과 무관하지 않은 것으로 보고 있다는 것이다. 실제로 사르트르는 '명령'을 '요구'의 "원초적 형태 forme orginelle"로 규정하고 있다. 다른 하나는 '명령'에는 명령을 내리는 자와 명령을 받는 자 사이에 일종의 힘의 '위계 질서'가 정립된다는 사실이다. 결국 요구하는 자는 요구에 응하는 자에게 더 우월한 입장에서 뭔가를 수행하라는 '명령'을 내린다는 것을 의미한다는 것이다. 사르트르의 주장은 거기에서 멈추지 않는다. 사르트르는 '요구' 개념이 극단적으로 "정언명령impératif catégorique"과 밀접하게 연결되어 있는 것으로 본다. "분명 요구 속에는 하나의 자유로운 의식의 또 다른 하나의 자유로운 의식에 대한 의무와 관계된 정보가 들어 있다. 나는 타자에게 정언명령을 전달한다." 이처럼 작가는 그의 작품을 읽어 달라고 독자에게 호소하면서, 결국 정언명령을 내리는 위치에 있게 되는 것이다.

칸트는 작품이 먼저 사실로서 존재하고 그 후에 그것이 보인다고 생각한다. 그러나 작품은 사람이 그것을 '바라볼' 때만 존재하고, 무엇보다도 그것은 먼저 순수한 호소이자 순수한 존재의 요구이다. 그것은 도구와 같이 그 존재가 분명하고 그 목적이 미결정 상태에 있는 것이 아니라, 우리가 수행해야 할 임무로서 나타나며 처음부터 정언명령의 차원에 위치한다.[65]

그런데 이처럼 작가와 독자의 관계에서 '호소'가 '요청'으로, '요청'이 '요구'로, 다시 이 '요구'가 '명령', 그것도 '정언명령'으로 이어진다면 그 결과는 작가에게 결정적으로 불리할 수 있다. 왜냐하면 독자가 작가로부터 오는 정언명령을 받는 순간, 그는 작가에 의해 창작된 작품을 읽는 것을 그만둘 수 있기 때문이다. 이런 상황이 발생하게 되면 작가는 당연히 쓰기 행위를 통해 설정했던 목적을 포기해야만 할 것이다. 게다가 '정언명령'은 반드시 따라야만 하는 명령이다. 그 결과 만일 독자가 작가로부터 오는 '정언명령'을 받게 되면, 그는 자신의 존재론적 힘이 작가에 비해 열등하다는 사실을 인정하는 것은 물론, 정언명령의 내용을 이행해야 상황에 처하게 되는 것이다.

작가와의 관계에서 독자는 이처럼 반드시 이행해야만 하는 하나의 의무를 짊어지게 된다. 물론 이 의무의 내용, 곧 작가로부터 오는 '정언명령'의 내용이 무엇인지를 짐작하는 것은 그다지 어려운 일이 아니다. 작가에게 가장 필요한 것은 그에 의해 창작된 작품의 '즉자적' 면모이기 때문에, 그는 독자에게 이 작품을 읽으면서 '즉자적' 면모를 부여해 줄 것을 명령하는 것이다. 우리는 앞에서 독자의 읽기 행위의 결과물, 즉 그가 작가의 작품에 부여한 '즉자적' 면모가 이 작품의 '의의'와 같다는 사실을 지적한 바 있다. 또한 "작가는 독자보다 항상 더 멀리 나간다"는 사르트르의 주장을 빌려 작가가 그의 작품 속에 독자에 의해 드러나는 '즉자적' 면모보다 더 많은 '의도'를 불어넣고 있다는 사실을 지적한 바 있다.

  이제 우리는 작가가 독자에게 호소하면서 이 호소의 이름으로 하는 요청과 요구, 곧 그의 명령의 내용이 무엇인지를 짐작할 수 있다. 작가가 독자에게 그의 작품에 불어넣은 '의도'를 100% 드러내 달라는 '명령', 그것도 거절할 수 없는 '정언명령'을 내리는 것이다. 다시 말해 독자가 작가에 의해 창작된 작품을 읽으면서 거기에 흘려 넣는 '주체성'과 작가의 '주체성', 보다 구체적으로는 작가가 이 작품에 불어넣은 '주체성', 곧 그의 '의도'와 합치할 때까지 노력해 달라는 명령을 내리는 것이다. 이 두 개의 주체성이 합치할 때 비로소 작가가 원하는 작품의 '즉자적' 면모, 즉 그의 존재근거가 가장 견고한 것이 되고 이를 바탕으로 잉여존재에서 벗어날 수 있을 것이다. 요컨대 독자의 읽기 행위에 의해 작품의 '의의'가 완전히 드러날 때 작가는 작품 창작을 통해 도달하고자 했던 목표에 이를 수 있을 것이다. 정확히 같은 순간에 독자도 가장 견고한 그의 존재근거를 확보하고 그의 잉여존재를 정당화시키게 될 것이다. 독자의 읽기 행위의 결과물이 완전하게 즉자화되었는지는 작가만이 판단할 수 있다. 왜냐하면 작품을 사이에 두고 두 개의 주체성이 합치된다는 것은 그대로 독자의 읽기 행위가 완벽했다는 것을 보장해 주기 때문이다.

하지만 문제는 여전히 독자이다. 그도 그럴 것이 독자가 작가에 의해 창작된 작품을 읽는다는 것은 이차적이고 부차적인 행위이기 때문이다. 독자는 작가와의 관계에서 조금이라도 불공평한 징후가 나타나면 언제든지 읽기 행위를 그만둘 수 있다. 이와 관련하여 사르트르는 "독자를 굴복시키려는 모든 기도는 작가를 그의 작품 속에서 위협하는 것이다"라고 말하고 있다. 그러니까 작가는 독자와의 관계에서 대등한 관계에 있으며, 그들의 관계는 위협과 폭력의 관계가 아니라 평화와 협조의 관계여야 한다.

그럼에도 불구하고 위에서 살펴본 것처럼 호소에 요청이 포함되어 있고, 요구에는 다시 명령이, 그것도 정언명령이 포함되어 있기 때문에 독자는 작가와의 관계에서 결코 대등한 입장에 있지 못하고, 나아가서 그들의 관계는 평화와 협조의 관계가 되지 못하는 것이다. 다시 말해 작가는 쓰기 행위를 통해 독자의 자유를 인정하면서, 그를 자신의 구원 메커니즘에서 필수불가결한 존재로 인정하면서 그 대가를 반드시 이행하라는 의무와 책임을 지우고 있는 것이다.

사르트르는 이렇게 쓰고 있다. "물론 독자에게는 책을 책상 위에 그냥 놓아둘 전적인 자유가 있다. 하지만 일단 책을 읽게 되면 그 책임을 져야 한다." 사르트르의 이와 같은 단언에도 불구하고 독자는 그의 자유, 그의 행위가 어떤 경우에든 작가에 의해 제한되는 것을 용인하지 않을 것이다. 또한 독자는 작가로부터 인정이 있기 전에도 이미 자유롭지 않은가? 여하튼 한 가지 분명한 것은, 독자에게 이와 같은 불만이 있다면, 작가의 쓰기 행위를 통한 모든 기도는 실패로 끝날 수도 있다는 것이다.

3. 증여 또는 관용의 계약

사르트르는 이런 상황을 타파하기 위해 「누구를 위해 쓰는가」에서 독자를 위한 또 하나의 조치를 강구한다. 그 목적은 당연히 독자에게 나타날 수 있는 불만을 해소하기 위한 것이다. 이 조치가 바로 '증여' 또는 '관용'이다. 사르트르는 쓰기 행위를 "순수한 제시 pure présentation" 또는 주네 J. Genet 의 표현을 빌려 "독자에 대한 작가의 예의"로 규정한다. 작가에 의해 창작된 작품이 '순수한 제시'라고 하는 것은 곧 이 작품이 '증여'나 '관용'과 같다는 것을 의미한다.[66] 이제 작가는 독자에게 그의 작품을 그냥 '준다'. 실제로 사르트르는 창작 행위를 "증여의 의식 cérémonie du don" 또는 "증여의 과정 processus du don"과 같은 것으로 보고 있다. 이 단계에서 사르트르는 세계를 드러내는 행위로서의 쓰기, 증여와 관용으로 여겨지는 쓰기를 모두 고려하여 쓰기 행위를 다음과 같이 정의하고 있다.

> 따라서 쓴다는 것은 세계를 드러내는 동시에, 독자의 관용이 수행해야 할 과업으로서 세계를 제시하는 행위이다. 그것은 존재 전체에 '본질적인' 것으로서 인정받기 위해서 타자의 의식에 의존하는 것이다.[67]

그렇다면 '증여'는 무엇일까? 또 '관용'은 무엇일까? 과연 작가는 그의 작품을 독자에게 줌으로써 그의 최종 목표를 달성할 수 있을까? 작가는 그의 작품을 줌으로써 독자의 불만을 달랠 수 있을까? 사르트르가 단편적으로나마 '증여'와 '관용' 개념을 검토하고 있는 저서는 『존재와 무』이다. 사르트르는 이 저서에서 이 두 개념을 부정적인 개념으로 규정하고 있다. 그러니까 『존재와 무』에서 두 개념 모두 '나'와 '타자'와의 존재론적 관계에서 서로가 서로의 주체성과 자유를 파괴하고자 하는 의미를 지니고 있는 것으로 이해된다. 사르트르는 이것을 '포틀래치potlatch' 개념을 통해 제시하고 있다. 포틀래치는 미국의 서북해안 지방에 살았던 인디언들 사이에서 행해졌던 의식儀式으로, 그 목적은 막대한 양의 증여물을 통해 증여자의 수증자에 대한 힘의 우위를 보여 주려는 것이었다.[68] 사르트르는 이처럼 '증여' 개념을 "파괴destruction"와 연결시키고 있다.

이상의 고찰을 통해 보통 환원 불가능한 것으로 여겨지는 어떤 종류의 감정 또는 태도, 예를 들면 '관용' 등이 지니는 의미를 더 잘 이해할 수 있다. 사실 증여는 하나의 원초적인 파괴 형식이다. 주지의 사실이지만, 예를 들면 포틀래치는 막대한 물품의 파괴를 수반한다. 이와 같은 파괴는 타자에 대한 도전이며, 타자를 속박한다. … 포틀래치는 파괴이며 또 타인에 대한 속박이다. 나는 대상물을 소멸시키는 경우와 꼭 마찬가지로 그 대상물을 증여함으로써 파괴한다.[69]

'증여'를 통해 '파괴'되는 것은 무엇일까? 바로 위에서 우리는 포틀래치가 증여물을 통해 힘의 우위를 보여 주고자 하는 의식이라는 점을 지적했다. 그런데 사르트르는 이와 같은 힘의 우위를 인간이 다른 인간에게 갖는 존재론적 힘의 우위로 치환한다. 가령 한 명의 인간으로서 '내'가 '증여'를 통해 노리는 것은 '타자'에 대한 힘의 우위를 점하는 것이다. 그리고 사르트르의 존재론에서 '나'와 '타자'는 '시선'을 통해 서로를 바라보면서 상대를 객체화하려고 노력한다. 그렇기 때문에 인간들 사이의 존재론적 관계는 항상 '갈등', '투쟁'으로 점철된다는 것이 사르트르의 주장이다. 따라서 '나'는 '타자'에게 뭔가를 줌으로써 그를 객체화하려고 할 수 있다. 여기서 타자를 객체화한다는 것은 '내'가 그의 주체성, 자유, 초월을 파괴하는 것과 동의어이다. 그 결과 증여를 통해 파괴되는 것은 종국적으로 '타자'의 주체성, 자유, 초월이다. 사르트르는 이에 걸맞게 증여를 타자의 자유를 '홀려envoûter' 그를 나에게 '굴복시키는 것asservir'으로 이해하고 있다.

증여 행위donner는 증여하는 대상을 소유하여 향유하는 것이며, 따라서 하나의 파괴적인 접촉이다. 그러나 이와 동시에 증여는 증여를 받는 상대방을 홀려 놓고 만다. … 준다는 일은 굴종시키는 것이다. … 그러므로 증여 행위는 이와 같은 파괴를 이용해서 타자를 자기에게 굴복시키는 일이며, 이 파괴에 의해서 타자의 자유를 자기 것으로 만드는 일이다.[70]

작가가 이처럼 쓰기 행위의 결과물인 작품을 독자에게 '증여하면서' 겨냥하는 것은 무엇인가? 그것은 당연히 독자의 주체성을 빌려 작가의 작품에 '객체적' 면모를 확보하는 것이었다. 또한 이를 위해 작가는 독자의 자유를 인정하는 조치를 취했다. 하지만 방금 살펴본 것처럼 작가의 쓰기 행위가 '증여'나 '관용'이라면, 작가는 지금까지의 논의와 모순되는 결과를 낳고 말게 될 것이다. 왜냐하면 작가의 증여를 수락하게 되면 독자의 주체성, 자유, 초월은 작가에 의해 파괴되고 말기 때문이다. 결국 작가는 창작의 결과물인 작품을 완성해 달라고 호소하는 과정에서 나타났던 현상, 즉 요청, 요구, 명령, 정언명령을 통해 정립되는 독자와의 관계에서 독자의 존재론적 힘의 열등함을 불식시키지 못하게 되고 만다. 그러기는커녕 작가는 오히려 독자에게 더욱더 강한 억압적 주체로 나타나게 된다.

하지만 증여나 관용을 통한 독자에 대한 억압이 강하면 강할수록 작가의 상황은 더욱 어려워질 수밖에 없다. 이는 당연하다. 왜냐하면 증여와 관용을 통해 작가가 독자의 주체성, 자유, 초월을 파괴한다면 결코 창작의 완성에 절대적으로 필요한 작품의 객체적 면모를 확보할 수 없을 것이기 때문이다. 물론 사르트르는 이와 같이 작가에게 불리한 상황을 극복하기 위해 또 다른 논리를 펴고 있다. 그것이 바로 '증여'를 '수난受難, passion'과 같은 것으로 여기는 것이다. 실제로 사르트르는 "모든 창조는 필연적으로 수난"이라고 규정한다. 그러니까 '증여'는 "희생에 의해 어떤 초월적인 효과를 얻기 위해 [증여자] 스스로를 수동성의 상태에 위치시키는 자유"를 가정한다는 것이다.

이처럼 결국 모든 창조는 증여이며, 증여 행위 없이는 존재할 수 없다. '보게끔 주는 것Donner à voir', 이것은 너무 자명하다. 나는 이 세계를 보게끔 준다. 나는 이 세계를 바라보게끔

하기 위해 존재하게 한다. 그리고 이러한 행위 속에서 나는 수난으로써 나를 상실한다.[71]

사르트르의 존재론에서 한 인간이 다른 인간에게 자기 자신을 '수동성'의 상태로 제시하는 경우는 '마조히즘masochisme'에서뿐이다. 사르트르에게 마조히즘은 '내'가 '타자' 앞에서 '나'의 실존의 어려움을 회피하기 위해 스스로를 하나의 '사물'과도 같은 존재로 여기는 관계로 이해된다. 그러니까 '나'는 '타자' 앞에서 스스로 내 주체성, 자유, 초월을 방해물로 여기면서 그것들을 먼저 벗어던지는 것이다. 그러면서 '나'는 '타자'의 주체성, 자유, 초월 안에서 씁쓸한 쾌락을 맛보게 된다. 하지만 마조히즘은 실패로 끝날 수밖에 없다. 왜냐하면 '나'는 나의 주체성, 자유, 초월을 내 손으로 벗어던진 것에 대해 부끄러움과 죄책감을 느끼기 때문이다. 그럼에도 불구하고 작가는 독자에게 자기가 창작한 작품을 증여하면서 이와 같은 부끄러움과 죄책감을 느끼는 대신 오히려 당당하며, 심지어 거만하게 굴기도 한다. 그렇다면 그 이유는 무엇일까?

이 질문에 대한 답을 잠깐 보류하고 다음과 같은 사실을 지적하자. 사르트르가 독자의 읽기 행위 역시 "관용의 실천 une exercice de la générosité"으로 규정하고 있다는 사실이 그것이다. 사정이 이와 같다면 지금까지 작가에게 해당되었던 모든 사실은 그대로 독자에게도 해당된다고 할 수 있다. 그러니까 독자 역시 그의 행위의 결과물을 작가에게 증여함으로써 작가의 주체성, 자유, 초월을 파괴할 수 있다. 하지만 사르트르는 이와 같은 가능성에 대해 전혀 개의치 않는다. 오히려 독자에 의해 증여되는 작가가 창작한 작품의 객체적인 면을 쌍수를 들고 반기게 된다. 왜 그럴까? 위에서 우리는 작가가 독자에게 자신이 창작한 작품을 증여하면서 마조히즘에서 나타나는 부끄러움과 죄책감을 느끼는 대신 당당하며, 심지어 거만하게 굴기도 한다는 사실을 지적했다. 하지만 우리는 그 이유를 아직 제시하지 못했다.

우리의 판단으로는 위의 두 문제가 밀접하게 연결되어 있는 것처럼 보인다. 작가가 독자에게 작품을 증여하면서, 또 역으로 독자가 작가에게 읽기 행위의 결과물을 증여하면서 각자 상대방의 주체성, 자유, 초월을 파괴시키지 않게 되는 근본적인 이유는 '작품' 자체의 존재론적 위상에서 기인한다. 앞에서 우리는 작가에 의해 창작된 작품이 두 가지 상반되는 존재론적 지위를 가지고 있다는 사실을 지적한 바 있다. 작가의 혼에 관련된 모든 것을 담고 있는 '대자'로서의 작품과 그냥 거기에 있는 하나의 사물과도 같은 '즉자'로서의 작품이 그것이었다.

그렇기 때문에 작가가 그의 작품을 독자에게 증여할 때, 그는 '작품-즉자'로 존재하는 작품을 증여하는 것이다. 이렇게 하면서 작가는 두 가지 효과를 거둘 수 있다. 하나는 독자와의 관계에서 작가가 결코 독자의 주체성, 자유, 초월을 파괴하거나 굴종시키기 않게 된다. 왜냐하면 작가는 지금 '작품-즉자'의 상태로 독자에게 증여되기 때문이다. 또 하나의 효과는 작가 스스로 '수동성'의 상태로 독자에게 증여되는 '수난'을 겪어도 마조히즘에서와는 달리 부끄러움과 죄책감을 느낄 필요가 없다. 왜냐하면 작가는 독자와의 관계에서 여전히 '작품-즉자'의 상태로 증여되기 때문이다.[72] 그러니까 작가는 그에 의해 창작된 작품이 갖는 이와 같은 두 가지 마법적 지위 덕택으로 항상 '작가-대자' 상태에 있으면서, 다시 말해 그의 주체성, 자유, 초월을 간직하면서도 독자의 주체성, 자유, 초월을 굴종시키거나 파괴하는 상황에서 빠져나올 수 있는 것이다.

또한 독자가 읽기 행위의 결과물을 작가에게 증여하는 경우에도 사정은 마찬가지이다. 그러니까 독자의 증여 행위에 의해 극복되고 파괴되는 것은 '작품-대자', 곧 '작품화된' 상태로 있는 작가의 주체성, 자유, 초월인 것이다. 따라서 작가는 독자의 읽기 행위의 결과물을 받는 경우에도 전혀 그의 주체성, 자유, 초월이 직접 독자에 의해 극복, 파괴되는 것을 겪지 않게 되는 것이다. 이렇게 해서 사르트르는 문학을 작가와 독자의 "관용의 계약"—'증여의 계약'이라고도 할 수 있다—으로 규정하게 된다.

따라서 문학이란 작가와 독자 사이에서 맺어진 관용의 계약이다. 서로가 상대방을 신뢰하고, 상대방에게 기대하고, 자기 자신에게 요구하는 만큼 상대방에게도 요구한다. 이 신뢰 그 자체가 관용이다. 왜냐하면 그 누구도 작가로 하여금 독자가 자기의 자유를 행사할 것이라 믿도록 강요할 수 없고,

또 독자로 하여금 작가가 자기의 자유를 행사했다고 믿도록 강요할 수도 없기 때문이다. 이 신뢰는 양자가 다 같이 취한 자유로운 결단에서 나오는 것이다. 이리하여 변증법적인 왕래가 양자 사이에 성립된다. 내가 읽을 때 나는 요구한다. 이 요구가 충족되면, 내가 그때 읽고 있는 책은 작가로부터 더 많이 요구하도록 나에게 촉구한다. 뒤집어 말하면 나 자신으로부터 더 많이 요구하라고 작가에게 요구하도록 만든다. 또한 역으로 작가가 요구하는 것도 내가 나의 요구를 최고도로 높이는 것이다. 이리하여 나의 자유는 자신을 나타내면서 타자의 자유를 드러내 보이는 것이다.[73]

4. 독자의 요구권 수용

이처럼 작가와 독자가 '증여의 계약' 또는 '관용의 계약'을 맺으면서 서로가 서로에게 협조하고 있음에도 불구하고 독자의 불만은 아직도 완전히 해소되지 않은 것처럼 보인다. 그 까닭은 독자가 작가로부터 오는 '요청', '요구', '정언명령'을 완벽하게 이행하는 것이 결코 쉽지 않기 때문이다. 이와 같은 어려움은 특히 독자가 읽기 행위를 통해 작가가 그의 작품에 투사한 '의미'를 100%로 캐내야 한다는 일과 무관하지 않다. 사르트르의 참여문학론에서 "작가는 독자보다 항상 더 멀리 나아간다"는 사실을 다시 한 번 상기하자. 따라서 작가의 작품을 읽으면서 그 의미를 100%로 캐내고, 이를 통해 이 작품에 완벽한 '즉자적' 면모를 부여한다는 것은 독자에게 불가능할 수도 있다. 그럼에도 불구하고 작가가 그의 작품의 의미를 100% 캐내라는 명령, 그것도 절대적 명령을 독자에게 내리고 있는 것이다. "물론 독자에게는 책을 책상 위에 그냥 놓아둘 전적인 자유가 있다. 그러나 일단 책을 펴게 되면 그 책임을 져야 하는 것이다"라는 사르트르의 주장을 다시 한 번 상기하자. 이와 같은 무거운 책임을 떠안은 독자는 과연 끝까지 작가의 요청, 요구, 명령을 수행하려고 할까?

이와 같이 독자에게 나타나는 불만을 해소하기 위해 사르트르는 마지막 조치를 강구하고 있다. 그것이 바로 작가가 '독자의 요구권le droit de l'exigence'을 인정하는 것이다. 사르트르는 독자가 작가를 "포위 공격한다"고 말하면서, 독자의

'요구'는 작가가 "발판"으로 삼아야 할 "기존의 여건"이 된다고 말하고 있다.

> 그리하여 여기에 독자가 개입하게 되고, 그와 더불어 풍습과 세계관, 사회관, 그 사회 내의 문학에 대한 개념 등이 개입되는 것이다. 이를테면 독자 대중은 작가를 포위 공격한다. 그 위압적인 또는 음흉한 요구며, 그 거부, 그 도피 등이 작가가 발판으로 삼아 작품을 만들지 않으면 안 되는 '기존의 여건'이 되는 것이다.[74]

'요구'에 '명령', 그것도 '정언명령'이 포함되어 있다는 사실을 지적하자. 이에 따라 독자의 요구권을 인정하는 것은 그대로 작가의 쓰기 행위가 독자에 의해 제한되어 있다는 사실을 의미한다. 그렇다면 독자는 작가에게 무엇을 요구할까? 독자가 작가에게 내리는 명령의 내용은 무엇일까? 작가가 독자의 요구권을 인정하는 경우, 독자에게 돌아오는 혜택은 무엇일까? 이와 같은 질문들과 더불어 마침내 사르트르의 참여문학론을 떠받치는 두 축 중 하나인 "타자

를 위한 예술", 곧 '독자를 위한 문학'의 윤곽이 드러나게 된
다. 이 질문들에 답을 하기 위해 사르트르가 「누구를 위해
쓰는가」에서 독자를 두 부류로 구분하고 있다는 사실을 지
적하자. "현세적 독자le public réel"와 "잠재적 독자le public virtuel"
가 그것이다.[75] '현세적 독자'는 유산계급에 속하며, 현재 작
가의 작품을 읽어 줄 만큼 충분한 경제적 여력을 가진 자이
다. 반면 '잠재적 독자'는 무산계급에 속하며, 현재 작가의
작품을 읽어 줄 수 있을 만큼 충분한 경제적 여력을 가지지
못한 자이다. 하지만 '잠재적 독자'는 사회 변혁의 결과 좀
더 나은 삶을 영위하는 경우 '현세적 독자'가 될 수 있는 자
이기도 하다.

앞에서 우리는 작가의 쓰기 행위가 드러내기, 고발하기,
변화하기와 동의어이며, 따라서 이 행위는 그가 소속된 사
회의 지배세력에게 유해하다는 사실을 지적한 바 있다. 또
한 작가의 쓰기 행위는 그가 소속된 사회의 지배계급과 대
립적 관계에 있다는 것이 사르트르의 생각이었다. 따라서
'현세적 독자'가 작가의 작품을 읽는 경우, 이 독자는 자신
과 그가 속한 유산계급에 대한 비판적 성찰을 요구받게 되

는 것이다. 다시 말해 작가는 '현세적 독자'에게 자기성찰, 자기비판의 명령을 내리는 것이다. '현세적 독자'가 이와 같은 준엄한 명령을 수행하는 것은 결코 쉽지 않을 것이며, 궁극적으로 불가능할 수도 있을 것이다. 그렇다면 작가가 '현세적 독자'의 협조를 구해 '즉자-대자'의 결합을 구현한다는 목표 달성이 실패로 돌아갈 확률은 아주 높다고 할 수 있다.

하지만 '현세적 독자' 곁에 '잠재적 독자'가 있다. 작가의 입장에서 '잠재적 독자'에게 자신의 작품을 읽어 달라고 호소하는 것은 결코 쉬운 일이 아닐 것이다. 왜냐하면 '잠재적 독자'는 충분한 경제적 능력을 가지고 있지 못하기 때문이다. 하지만 '잠재적 독자'는 작가에게 작품을 창작하면서 그가 속한 무산계급의 이익을 대변해 줄 것을 요청, 요구할 수 있을 것이다. 무산계급에 속한 자들이 그들이 받는 억압과 폭력을 작가에게 드러내고, 고발해 달라고 명령을 내리는 것이다. 이것이 바로 독자의 요구권 수용의 의미라고 할 수 있다. 이 모든 사실을 고려하여 사르트르는 이렇게 결론짓고 있다. "정신의 모든 작품들에는 그 자체 속에 이 작품들이 목표로 삼고 있는 독자의 모습을 포함하고 있다."

그렇다면 독자의 요구권이 수용되는 경우, 그가 작가와의 관계에서 느끼는 모든 불만이 해소되는 것일까? 다시 말해 작가가 독자의 요구에 응하고, 그 결과 나타나는 독자의 존재론적 힘의 우월성을 인정함으로써 모든 문제를 해결할 수 있을까? 이 질문들은 작가가 독자의 요구권을 수용하는 경우, 독자는 과연 어떤 혜택을 누릴 수 있을까의 문제에 다름 아니다. 작가가 독자의 요구권을 수용하는 경우, 독자에게는 두 종류의 혜택이 돌아가는 것으로 보인다.

첫째, 독자는 작가와의 관계에서 경험했던 존재론적 힘의 열등함을 극복할 수 있는 것으로 보인다. 왜냐하면 요구는 명령과 동의어이고, 명령은 존재론적 힘의 불균형을 전제로 하고 있기 때문이다. 이제 독자는 작가의 호소, 요구, 증여와 관용에 기꺼이 응할 준비가 되어 있다. 독자는 어떤 경우에도 작가와 완전히 동등한 입장에 있게 된다. 작가가 독자에게 무거운 책임을 안겨 주긴 하지만, 독자도 작가의 쓰기에 관여하고, 그에게 자기를 위해 무엇인가를 써달라고 요구할 수 있는 권리를 가지고 있기 때문이다. 둘째, 독

자가 작가에 의해 창작된 작품에 '즉자적' 면모를 부여하는
일에 큰 어려움을 느끼지 않게 될 것이다. 그러니까 독자는
이 작품에 투사된 작가의 '의도'를 100% 캐낼 수 있는 가능
성이 있게 된다. 그도 그럴 것이 독자가 작가의 작품을 읽
으면서 이 작품에서 자신이 작가에게 요청하고 요구한 사
항들을 확인하게 될 것이기 때문이다. 다시 말해 작가의 쓰
기 행위의 결과물인 작품에 '즉자적 면모', 그것도 완벽에
가까운 면모를 부여할 수 있게 된다.

이와 같은 모든 과정을 거쳐 작가와 독자가 '증여의 계약'
또는 '관용의 계약'을 맺게 되면 그들의 '주체성'이 합치되
는 결과가 발생한다는 것이 사르트르의 주장이다. '작품'이
란 작가와 독자의 '주체성의 발현'이라는 사르트르의 주장
을 상기하자. 그렇다면 이와 같은 작품 장착이 완성되었다
는 것을 보여 주는 징후는 없을까? 작가는 작가대로, 독자
는 독자대로 그들 각자의 노력이 성공했다는 것을 보여 주
는 징후는 없는 것일까? 이 질문에 대해 사르트르는 다음
과 같이 두 가지 현상을 제시하고 있다. 하나는 작가 쪽에
서 느끼는 존재론적 "안정감 sentiment de sécurité"이고, 독자 쪽에

서 느끼는 "미적 희열joie d'esthétique"이다.

만약 작가가 독자와 협력하여 아무런 문제 없이 자신들이 원하는 목표를 실현한다면, 이들은 둘 다 '대자-즉자'의 결합, 곧 구원을 맛보게 될 것이다. 최소한 사르트르의 참여문학론의 틀 안에서는 그렇다. 사르트르는 바로 이 순간을 작가에 의해 시작된 문학 창작이 완성되는 순간으로 보고 있다. 그리고 이 순간이 실현되었다는 징후로 독자에게는 '미적 희열'이 나타나고, 작가에게는 존재론적 '안정감'이 나타난다고 말하고 있다.[76]

작가는 쓰기 행위를 통해 애초에 목표로 삼았던 그의 작품의 '즉자적' 면모를 확보하면서 '대자-즉자'의 결합을 실현했다는 느낌, 곧 그의 존재근거를 확보함으로써 잉여존재로부터 벗어났다는 느낌을 가질 수 있게 된다. 이것이 바로 작가가 느끼는 '존재론적 안정감'의 정체인 것으로 보인다. 물론 이 과정에서 독자의 협조가 절대적으로 필요하다는 것은 말할 나위가 없다. 독자는 독자대로 작가의 작품을 읽으면서 이 작품에 투사된 작가의 의도를 100% 캐냈다는 기쁨을 맛볼 수 있게 될 것이다. 그리고 그 과정도 불가능하지 않을 것이다. 게다가 작가가 독자 자신이 속한 집단의 이해를 위해 글을 쓴다는 것을 확신하기 때문에 독자가 느끼는 기쁨은 그만큼 강화될 것이다. 왜냐하면 작가가 독자의 요구권을 인정하고 수용했기 때문이다. 이것이 바로 독자가 느끼는 '미적 희열'의 정체로 보인다.

또한 사르트르는 작가와 독자의 주체성이 일치되는 순간을 '미학과 도덕'이 결합되는 순간으로 보고 있기도 하다. 왜냐하면 작가와 독자 사이에 맺어지는 '증여의 계약' 또는 '관용의 계약'의 기저에는 이들 각자의 자유에 대한 상호인정이라는 도덕적 요소가 자리 잡고 있기 때문이다.

문학과 도덕은 전혀 다른 것이지만, 그 미적 요청의 밑바닥에 도덕적 요청이 깔려 있는 것을 우리는 알 수 있다. 왜냐하면 글을 쓰는 사람은 글을 쓴다는 그 사실 자체로 말미암아 독자의 자유를 인정하고, 또한 글을 읽는 사람은 책을 펼친다는 그 단 한 가지 사실로 말미암아 작가의 자유를 인정하는 것인 이상, 예술작품은 어떤 면에서 보든 간에 인간의 자유에 대한 신뢰의 행위이기 때문이다. 그리고 독자도 작가도

오직 자유가 현시顯示되기를 요청하기 위해서만 자유를 인정
하는 것이기 때문에, 작품이란 인간의 자유의 요청이라는 안
목하에서 세계를 상상적으로 제시하는 것이라고 정의할 수
있다.[77]

이 단계에서 우리는 작가의 쓰기 행위가 결국 '독자를 위
한다'는 쪽으로 기울어질 수밖에 없다는 사실을 확인하게
된다. 물론 이때 독자는 '잠재독자'라는 것이 분명하다. 그
도 그럴 것이 '현세독자'는 자신이 속해 있는 유산계급의 자
기반성과 자기비판을 촉구하는 작가의 작품을 읽으려고 하
지 않을 것이기 때문이다. 그렇다면 작가의 쓰기는 당연히
'잠재독자'를 겨냥하게 되고, 그가 속한 무산계급의 이익을
대변하는 쪽으로 기울어진다는 것은 의심의 여지가 없어
보인다. 바로 거기에 『문학이란 무엇인가』에서 전개된 참
여문학론의 두 축 중 하나인 '타자를 위한 예술', 곧 '독자를
위한 문학'의 본령이 드러난다. 다만 작가가 독자, 그것도
'잠재독자'를 '위해' 쓴다는 것은 어쩔 수 없는 결과로 보인
다는 사실, 즉 '강요된' 측면이 없지 않아 보인다는 사실을

지적하자. 왜냐하면 작가는 그 어떤 경우에도 혼자서는 쓰기 행위를 통해 겨냥했던 그의 목적, 곧 작품 창작을 통한 '대자-즉자'의 결합을 실현할 수 없기 때문이다. 요컨대 사르트르의 참여문학론에서 독자가 반드시 필요한 존재인 만큼 이 독자를 작가 자신의 구원의 메커니즘에 묶어 두기 위해서는 어쩔 수 없이 이 독자를 '위해' 쓴다는 방향으로 기울 수밖에 없는 것으로 보인다. 이런 시각에서 우리는 『문학이란 무엇인가』에서 전개된 사르트르의 참여문학론이 일종의 '강요된' 이론이라고 규정할 수 있을 것이다.

4장
마치면서

　지금까지 우리는 『문학이란 무엇인가』에 포함된 네 개의 글 중 「쓴다는 것은 무엇인가」, 「왜 쓰는가」, 「누구를 위해 쓰는가」를 읽으면서 사르트르의 이름과 밀접하게 연결된 '참여문학론'을 이해하려고 노력했다. 그 과정에서 우리는 다음과 같은 몇 가지 사실을 확인할 수 있었다.

　첫째, 사르트르에게 참여문학의 대상은 시가 아니라 소설, 즉 산문이라는 사실이다. 물론 사르트르의 이와 같은 주장은 후일, 특히 아프리카 시인들에 주목하는 과정에서 수정되기는 한다. 하지만 언어에 대한 시인의 태도와 산문가의 태도가 근본적으로 다르다는 주장, 따라서 산문만이 참여의 대상이 된다는 주장은 『문학이란 무엇인가』에서 읽을 수 있는 사르트르만의 독특한 주장이라는 점은 의심의 여지가 없어 보인다.

둘째, 사르트르에게 문학은 작가의 개인적인 구원을 일차적 목표로 삼고 있다는 사실이다. 작가가 일반적인 인간에 속한다는 사실은 분명하다. 따라서 사르트르의 사유에서 일반적인 인간에게 적용되는 것은 작가에게도 예외 없이 적용된다. 사르트르는 무신론을 가정하면서 '신'과의 탯줄을 끊어 버렸기 때문에 인간이 죽을 때까지 그 자신의 존재근거를 확보하기 위해 노력하고, 이 존재근거를 바탕으로 '대자-즉자'의 결합 상태에 도달하고자 한다고 주장한다. 하지만 인간은 살아 있는 동안에는 결코 이와 같은 상태에 도달할 수 없고, 따라서 '무용한 정열'로 규정되었었다. 하지만 사르트르는 문학을 통한 구원의 가능성을 내세우고 있다.

셋째, 사르트르의 문학을 통한 작가 개인의 구원 실현에서 결정적인 중요성을 갖는 것은 바로 '작품'이 갖는 이중의 반대되는 존재론적 지위라는 사실이다. 작가에 의해 창작된 '작품'은 작가 자신의 혼과 관련된 모든 것을 담고 있는 '대자'의 모습과 그냥 거기에 있는 사물 존재와 다를 바 없는 '즉자'의 모습을 동시에 가지고 있는 마법적 존재이다. 그렇기 때문에 작가는 존재론적으로 이중의 모습을 가지고 있는 작품을 소유함으로써 그가 원하는 '대자-즉자'의 결합을 실현할 수 있다는 것이 사르트르의 추론이다.

넷째, 작가가 작품을 창작하면서 원하는 '대자-즉자'의 결합을 실현하기 위해서는 '독자'의 존재가 절대적으로 필요하다는 사실이다. 작가가 창작한 작품이 '대자'와 '즉자'라는 이중의 존재론적 지위를 가지고 있기 때문에, 작가가 작품을 소유하면서 '대자-즉자'의 결합을 실현했다고 생각하는 순간, 이 '대자-즉자'는 '대자-대자'의 결합으로 변할 수 있다. 따라서 작가는 이 결합을 항상 '대자-즉자' 상태로 유지해야 한다. 이를 위해 작가의 작품이 가진 '대자적' 측면을 '즉자적' 측면으로 바꿔 줄 장치가 필요하다. 그것이 바로 독자의 '읽기' 행위이다. 독자는 작가의 작품을 읽으면서 거기에 자신의 주체성을 흘려 넣어 그것을 즉자화한다.

다섯째, 작가는 독자에게 발생할 수 있는 불만이 모두 해

소될 수 있을 때까지 여러 조치를 취하게 된다는 사실이다. 거기에는 호소, 증여, 관용 등이 포함되어 있다. 작가는 독자에게 쓰기 행위를 통해 호소하면서 이 독자의 자유를 인정한다. 하지만 이와 같은 자유의 인정에는 작가의 작품을 즉자화해 달라는 요청, 요구, 명령이 포함되어 있다. 그런데 작가의 작품을 즉자화해 달라는 요청, 요구, 명령은 이 작품의 '의미', 곧 작가가 거기에 투사한 '의도'를 100% 캐내는 작업과 동의어이다. 하지만 이 작업은 독자의 편에서 보면 거의 불가능하다. 그렇지만 작가에게서 오는 이와 같은 명령은 독자가 거절할 수 없는 절대적인 것이다. 이런 상황에서 독자가 작가의 작품을 읽는 일을 그칠 수 있다는 것은 자명하다.

여섯째, 사르트르가 작가로 하여금 독자의 요구권을 수용하고 인정하도록 하면서 '독자를 위해' 쓴다는 참여문학론의 메커니즘을 완성하고 있다는 사실이다. 독자는 작품의 의미를 100% 캐내라는 이행 불가능한 정언명령을 받았다고 느끼는 순간, 당연히 도피하려 할 것이다. 하지만 독자는 현재 그가 몸담고 있는 사회에서 지배세력의 억압에

시달리면서 인간다운 삶을 영위하고 있지 못하다. 또한 독자는 무산계급에 속해 있어 작가의 작품을 읽어 줄 수 있는 정도로 충분한 경제적 여유를 누리고 있지 못한 상태이다. 이런 상황에서 독자는 작가에게 요구한다. 그러니까 독자가 작가에게 명령, 그것도 절대적 명령을 내리는 것이다. 그 내용은 당연히 작가가 '독자를 위해' 쓰기 행위를 해 달라는 것이다. 이렇게 되면 독자는 작가의 작품을 읽으면서 이 작품을 즉자화하는 과정에서 어려움을 거의 느끼지 않게 될 것이다.

일곱째, 사르트르에 의하면 독자의 협조를 얻어 작가의 작품 창작이 완성되었을 때 작가는 '존재론적 안정감'을, 독자는 '미적 희열'을 느끼게 된다는 사실이다. 작가는 작품을 창작함으로써 애초에 원했던 '대자-즉자'의 결합을 실현하면서 존재근거를 확보하게 되고, 이를 바탕으로 그의 잉여존재에서 벗어나게 된다. 작가는 이 과정에서 존재론적으로 안정감을 느끼게 된다. 또한 독자는 읽기 행위를 통해서 작품의 의미를 100% 캐냈다는 기쁨을 느끼게 된다. 이와 같은 징후가 나타나는 순간, 문학작품, 곧 '미학'을 바탕으로 정립되는 '작가-독자'의 관계는 그들 상호간의 '자유'를 인정하는 '도덕적'의 차원으로 발전하게 된다.

크게 보아 이와 같은 내용으로 요약될 수 있는 사르트르의 참여문학론의 현재성은 어디에 있을까? 『문학이란 무엇인가』라는 책이 가진 현재적 의의는 어디에서 찾을 수 있을까? 이 책을 시작하면서 우리는 이 책을 읽고 다시 읽는 이유를 첫째, 『문학이란 무엇인가』의 정확한 이해, 둘째, 시와 산문의 구별에 따르는 작가와 지식서사의 구분과 문학적 글쓰기의 소통 가능성과 소통 불가능성과의 관계를 집중적으로 묻고 있는 현대문학이론과의 관계, 셋째, 독자를 중요시하는 수용미학과의 관계 등을 제시한 바 있다. 하지만 이 책이 가진 현재적 의의 중 가장 큰 것은 우리 사회에서 문학의 존재이유가 여전히 인정되며, 그것도 강하게 인정되고 있다는 사실에서 찾아볼 수 있을 것이다. 물론 사르트르는 1964년에 출간된 『말』에서 문학의 참여적 기능을 포기하는 듯한 발언을 하고 있다. "오랫동안 나는 펜을 칼로 여겨 왔다. 지금 나는 우리들의 무력함을 알고 있다. … 문화가 아무것도 구출하지 못하며 또 누구를 구원할 수도 없다.

그것은 아무것도 정당화해 주지 못한다. 그러나 그것은 인간이 만든 산물이다."[78] 그럼에도 불구하고 『문학이란 무엇인가』를 관통하고 있는 문학의 정신, 곧 부정성과 이의제기 정신은 오늘날에도 여전히 그 의의를 간직하고 있는 것처럼 보인다.

사르트르의 『문학이란 무엇인가』가 출간된 것은 지금으로부터 약 70년 전의 일이다. 그로부터 지금까지 우리가 사는 사회에도 수많은 변화가 있었다. 하지만 이런 변화에도 불구하고 우리의 사회가 유토피아와는 거리가 멀다는 것은 의심의 여지가 없다. 아니 오히려 어떤 면에서는 과거 사회에 비교해서 더 후퇴했다고도 할 수 있을 것이다. 이런 사회에서 과연 문학은 무엇을 할 수 있을까? 좀 더 넓게 보아 예술은 무엇을 할 수 있을까? 물론 우리가 사는 사회가 유토피아라면 이와 같은 물음을 제기하는 것이 의미가 없을지도 모른다. 하지만 우리가 현재 살고 있는 사회가 유토피아와 거리가 멀다면, 문학은 여전히 그 존재이유를 가지고 있다고 할 수 있지 않을까?

사르트르는 『문학이란 무엇인가』에서 작가의 쓰기 행위

가 항상 이 작가가 속해 있는 사회의 지배세력과 불편한 관계에 있다고 보았다. 왜냐하면 작가의 쓰기 행위는 드러내기, 고발하기, 변화시키기와 동의어로 여겨졌기 때문이다. 사르트르가 문학에 부여한 이와 같은 기능은 그 뒤로도 계속 이어지게 된다. 물론 작가의 쓰기 행위가 이루어지는 상황이 달라지기 때문에 사르트르의 주장이 모든 상황에 그대로 적용되는 것은 아니다. 하지만 어떤 상황에서도 사르트르가 소중하게 생각했던 문학의 정신은 그대로 이어지는 것으로 보인다.

현재 많은 사람의 관심을 끌고 있으며 문학이 갖는 분자혁명적 기능을 강조하고 있는 들뢰즈와 과타리에 의해 주창된 '소수문학론', 바르트에 의해 주창된 효율성을 앞세우는 체계, 법칙에 의해 희생되는 각각의 존재가 가지고 있는 개별성과 유일무이성唯一無二性을 강조하는 '디아포라diaphora'로서의 쓰기 개념, 그리고 라캉과 지젝 등이 내세우는 이른바 '상징계'에 틈을 마련하고 구멍을 내는 '실재계'의 '잉여'로 특징지어지는 "모든 것이 아님"의 개념 등에서 여전히 사르트르에 의해 주창된 참여문학론, 그리고 이 문학론의 메커니즘을 담고 있는 『문학이란 무엇인가』의 흔적이 강하게 남아 있는 것으로 보인다. 앞으로 이와 같은 개념들과의 비교 연구를 통해 사르트르의 『문학이란 무엇인가』라는 책이 가진 의의를 좀 더 심도 있게 검토하는 기회를 갖고자 한다.[79]

보론 1
작가의 사후

    지금까지 우리는 작가가 살아 있다는 전제하에 사르트르의 『문학이란 무엇인가』에서 전개된 참여문학론을 검토해 보았다. 하지만 한 가지 의문이 남는다. 작가가 죽은 후에도 여전히 그의 구원이 가능한가의 의문이 그것이다. 과연 작가는 세상을 떠난 이후에도 '대자-즉자'의 결합을 구현할 수 있을까? 만일 그렇다면 이와 같은 결합의 실현은 '영생 éternité' 개념과도 모종의 관계가 있지 않을까? 우리는 앞에서 사르트르가 문학에 '종교성'을 부여했다는 사실을 지적한 바 있다. 어쩌면 이 종교성에 신의 존재가 부정된 세계에서 영생을 누리는 메커니즘이 포함되어 있는 것은 아닐까?

사르트르에 의하면 작가는 죽은 후에도 '대자-즉자'의 결합을 실현할 수 있는 것으로 여겨진다. 이 결합을 가능하게 하는 것은 정확히 '작품'이 가진 마법적 지위로 보인다. 작가에 의해 창작된 작품은 '대자'와 '즉자'라는 이중의 존재론적 지위를 가진다는 것을 상기하자. 따라서 작가가 죽게되면 그의 '의식', 곧 그의 '대자적' 측면은 사라진다. 하지만 그의 혼과 관련된 모든 것이 포함된 '작품'이 그의 '대자'를 대신한다. 그러니까 작가에 의해 창작된 작품은 '대자화된 작품'인 것이다. 물론 이 '대자화된 작품'의 또 하나의 존재론적 지위는 '즉자', 곧 사물과도 같은 것이다. 그러니까 작가의 작품은 그저 '곰팡이 핀 종이 위의 잉크 자국'에 불과할 뿐이다. 따라서 세상을 떠난 작가가 남긴 작품은 대부분 '책'의 형태로 도서관의 서고에 머물게 된다. 그렇지 않은가? 우리가 도서관이나 서점 등에서 보는 작품은 모두 이 작품을 창작한 작가의 '이름'을 달고 아무 말 없이 얌전하게 있다. 이와 같이 작품의 존재 양태는 정확히 다른 사물 존재들과 하등 다를 바 없는 '즉자'이다.

하지만 작가가 죽고 난 뒤 먼 훗날 살아 있는 독자가 그의 작품을 읽을 때 이른바 작가의 '소생 résurrection'이 이루어 진다는 것이 사르트르의 생각이다. 이론적으로 보면 이것 은 분명하다. 살아 있는 독자, 곧 하나의 '대자'를 통해 작 가의 작품, 즉 사물과도 같은 작품이 결합되면 이론적으로 '대자-즉자'의 결합이 이루어진다. 하지만 이 결합에서 '즉 자', 곧 '작품'은 작가의 혼을 담고 있는 '대자화된 작품'이기 때문에, 결국 살아 있는 독자의 읽기 행위를 통해 나타나는 것은 바로 '작가의 혼'이다. 우리는 사르트르의 이러한 생각 을 『말』에서 확인할 수 있다.

그러다가 1955년경이 되면 유충이 딱 쪼개져서 이절판의 나 비 스물다섯 마리가 태어나리라. 이 나비들은 페이지를 날 개 삼아 날며 국립도서관의 서가에 가서 앉으리라. 이 나비 들은 다른 나다. 나 자신이란 말이다. 스물다섯 권, 본문 만 팔천 페이지, 판화 삼백 매. 그리고 그 가운데에는 저자인 나 의 사진도 끼어 있다. 내 뼈는 가죽과 딱딱한 표지로 되어 있 고, 양피지가 된 내 살에서는 아교 냄새와 곰팡이 냄새가 난 다. 60kg의 종이에 걸쳐서 나는 흐뭇하게 어깨를 편다. 나는 다시 태어나고 마침내 완전한 인간이 된다. … 사람들이 나를 들고 연다. 나를 책상 위에 펼쳐 놓고 손바닥으로 쓰다듬고 또 때로는 파닥거리게 한다.[80]

이처럼 '작품'으로 존재하는 작가의 혼을 '소생'시킨다는 의미에서 사르트르는 세상을 떠난 작가의 작품을 독자가 읽는 행위를 "죽은 자들이 다시 살아날 수 있도록 제 육체를 빌려주는 것", "통령通靈" 또는 "저승과의 접촉" 등으로 규정하고 있다.[81] 따라서 죽은 작가는 실질적으로 '대자'의 특성을 완전히 상실했지만, 그가 남긴 '작품'을 통해 '대자-즉자'의 결합에 필요한 '대자'의 항목을 여전히 가지게 되는 것이다. 그리고 작가가 살아 있을 때와 마찬가지로 이 결합에 절대적으로 필요한 '즉자'는 독자의 읽기 행위를 통해 이 작가의 작품에 부여되는 객체적 면모를 통해 마련되는 것이다.

작가는 이처럼 자신이 창작한 작품을 통해 죽은 후에도 여전히 독자의 도움을 받아 '대자-즉자'의 결합 상태를 실현할 수 있다는 것이 사르트르의 주장이다. 사르트르는 이와 같은 논리로 이른바 작가의 '영생'을 설명하고 있다. 다만 이 '영생'은 상대적인 것처럼 보인다. 그도 그럴 것이 만일 이 지구상에 인간이 존재하지 않는 날이 온다면, 독자가 나타날 수 있는 가능성 자체가 사라지기 때문이다. 또한 먼 훗날 지구상에 인간이 존재한다고 하더라도, 어떤 인간이 과거에 작가가 쓴 작품을 반드시 읽어 주어야 한다는 조건, 그것도 이 작품의 의미를 100% 드러낼 수 있어야 한다는 조건이 따른다. 그럼에도 불구하고 사르트르는 이와 같은 메커니즘을 통해 무신론을 가정한 세계에서의 구원 가능성을 찾아냈다고 할 수 있다. 이것이 바로 사르트르가 문학에 '종교성'을 부여한 근본적인 이유이다.

다만 작가가 살아 있는 경우와 비교해 볼 때 그가 세상을 떠난 경우와는 한 가지 뚜렷한 차이가 존재한다. 작가가 죽은 경우에는 독자의 요구권을 수용한다는 것 자체가 불가능하다는 사실이 그것이다. 후세의 살아 있는 독자가 죽은 작가에게 무엇인가를 요구한다는 것은 근본적으로 불가능한 일이다. 이 점은 매우 중요하다. 왜냐하면 독자가 죽은 작가의 작품을 읽는 경우, 그는 항상 이 작가에 비해 존재론적으로 힘의 열등함을 느낄 수밖에 없기 때문이다. 독자만이 작품의 의의를 100% 드러내는 의무만을 지게 되는 것이다. 이때 죽은 작가는 미래의 살아 있는 독자를 위해 무엇을 할 수 있을까? 감동, 교훈, 아름다움? 가능한 일이다. 고전으로서의 가치가 그것이다. 사정이 이렇다면 죽은 작가는 살아 있을 때 미래의 독자의 '요구'에도 전적으로 무관심할 수는 없을 것 같다. 만일 미래 독자의 요구권을 인정하지 않는다면, 이 독자는 죽은 작가에 대해 언제라도 살아 있는 자의 우월성을 누릴 수 있을 테니 말이다. "죽은 자는 살아 있는 자의 포로"[82]라는 것이 사르트르의 주장이다.

보론 2
익명의 증여

앞에서 우리는 사르트르가 쓰기 행위를 '증여'로 여긴다는 사실을 지적했다. 또한 '증여'가 사르트르의 사유에서 부정적 의미를 가진다는 사실을 지적했다. 그러니까 주체성, 자유, 초월의 자리를 놓고 투쟁과 갈등의 관계에 있는 '나'와 '타자'는 서로가 서로를 객체로 사로잡기 위해 때로는 '시선'을, 때로는 '증여' 등을 동원한다는 것을 『존재와 무』에서 확인할 수 있었다. 그런데 『도덕을 위한 노트』에서 사르트르는 '증여'에 긍정적 의미를 부여하고 있다. 이와 같은 입장의 변화가 갖는 의의는 작지 않은 것으로 보인다. 왜냐하면 사르트르가 긍정적 의미를 가지는 '증여'를 바탕으로 자신의 도덕 정립을 위한 길을 모색하고 있는 것처럼 보이기 때문이다.

사르트르는 『도덕을 위한 노트』에서 '증여' 행위에 포함된 '독성 毒性', 즉 타자의 주체성, 자유, 초월을 파괴하는 독성을 약화시키는 작업을 하고 있다. 이 작업이 바로 '증여'의 주체, 곧 증여자의 '이름nom'을 빼는 작업으로 보인다. 그러니까 증여자로 하여금 자신의 신분을 드러내지 않은 상태, 즉 '익명anonymat'의 상태에서 증여를 하도록 하는 것이다. 이와 같은 증여를 우리는 '익명의 증여'라고 부르고자 한다. 사르트르가 증여 행위에서 독성을 약화시키는 작업은 크게 다음과 같이 두 단계로 이루어진다고 할 수 있다.

첫 번째 단계는 증여에 참여하는 두 당사자인 증여자와 수증자의 '주체성'에 대한 상호인정의 단계이다. 실제로 사르트르는 『도덕을 위한 노트』에서 증여가 '나'와 '타자'에 의해 이루어지는 '인정의 상호성 réciprocité de reconnaissance'을 전제로 한다고 주장한다.[83] '나'도 '타자'에게 무엇인가를 주기 위해서는 '주체성'의 상태에 있어야 하고, 역시 '타자'도 내가 그에게 주는 무엇인가를 받기 위해 '주체성'의 상태에 있어야 한다. 이처럼 『도덕을 위한 노트』에 오게 되면 『존재와무』에서 부정적 의미를 부여받았던 증여는 인간관계를 '갈등'과 '투쟁'으로 유도하는 대신 '완벽한 상호성'으로 유도하는 긍정적 개념으로 변화된다. 그런데 사르트르에게 이와 같은 변화는 매우 중요한 의미가 있다. 왜냐하면 사르트르가 정립하고자 하는 도덕의 가장 기본적 조건이 바로 '나'와 '타자'가 모두 '주체성'을 유지하는 상태에 있는 것을 전제로 하기 때문이다.

그렇다고 해서 사르트르가 『도덕을 위한 노트』에서 '증여'에 포함된 파괴적인 의미를 완전히 폐기 처분하는 것은 아니다. 어느 편이냐 하면 오히려 이 두 가지 의미를 모두 수용하고 있다고 할 수 있다. 따라서 증여는 모호한 개념이 되고 만다. 이제 증여는 파괴이기도 하고 긍정적 인간관계의 정립을 가능케 해 주는 개념이기도 하다. 사르트르는 『도덕을 위한 노트』에서 이 개념이 갖는 이와 같은 "모호성 ambiguïté"을 강조하고 있다. 요컨대 『도덕을 위한 노트』에서 증여는 '나'와 '타자' 사이에서 이루어지는 "도전 défi"이자 "축제 fête"의 의미를 지니게 된다.

하지만 비록 『존재와 무』에서 『도덕을 위한 노트』로 넘어가는 과정에서 이처럼 증여에 긍정적인 의미가 덧붙여졌다고 해도, 이 증여 행위에서 증여자의 '주체성'이라고 하는 독성은 여전히 남아 있다. 그런데 증여에 독성이 남아 있다는 것은 수증자의 '주체성'이 증여자의 그것에 의해 파괴될 가능성이 남아 있다는 것을 의미한다. 따라서 사르트르는 이 가능성을 제거하기 위해 또 다른 단계를 밟고 있다. 증여에서 증여자의 '주체성'을 제거하는 단계이며, 바로 이 단계가 증여의 독성을 약화시키는 두 번째 단계에 해당한다. 다시 말해 증여자는 자신의 증여에서 신분을 드러내지 않은 상태, 곧 익명의 상태에서 증여를 하는 것이다.

타자에 대한 호소 …
타자와 직접적인 관계 맺는 것을 포기하기.
결코 직접적이지 않은 타자와의 진정한 관계. 작품을 매개로 par l'intermédiaire de l'œuvre[84] 이루어지는 관계. 나의 자유는 상호 인정을 내포하고 있다. 하지만 인간은 자기를 주면서 자기를 상실한다. 관용. 사랑. 작품을 통해 이루어지는 나의 대자와

나의 대타와의 새로운 관계. 나는 나 자신을 타자에게 내가 창조한 대상으로 주면서 규정한다. 이것은 타자가 나에게 이 객체성을 줄 수 있도록 하기 위함이다.[85]

사르트르는 위의 인용문에서 '나'와 '타자'의 진정한 관계가 "작품을 매개로"[86] 이루어져야 한다는 사실을 지적하고 있다. 그런데 이처럼 '작품을 매개로' 이루어지는 관계는 '익명의 증여'와 무관하지 않은 것처럼 보인다. 그 까닭은 무엇인가? 이 물음에 답을 하기 위해서 작가에 의해 창작된 '작품'이 가지고 있는 이중의 존재론적 지위에 주목해야 한다. 우리는 앞에서 사르트르의 『문학이란 무엇인가』에서 이 '작품'이 이중의 존재론적 지위를 갖는다는 사실을 지적했다. 우선 이 작품이 갖는 첫 번째 지위는 이 작품이 이 세계의 출현을 가능케 한 작가의 혼을 담고 있는 '대자'로서의 지위이다. 그런데 작가가 이처럼 '대자'로 여겨지는 '작품'을 증여할 경우, 이 작품을 받는 독자의 주체성, 자유, 초월은 작가의 그것들에 의해 파괴당할 위험성이 항상 존재하게 된다. 왜냐하면 이 '작품'에는 작가의 주체성, 자유, 초월, 곧 독자의 그것들을 파괴하는 독성이 여전히 남아 있기 때문이다.

그런데 작가에 의해 창작된 '작품'은 '즉자'로서의 지위를 갖는다. 그러니까 이 '작품'은 다른 사물 존재들과 마찬가지로 작가의 외부에, 그와는 독립적으로, 그의 손이 미치지 않는 곳에 있다. 그런데 사르트르에 의하면 '즉자'의 특징은 '익명성'에 있다. 왜냐하면 사르트르의 사유에서 즉자는 '신'을 포함한 그 어떤 다른 존재에 의해서도 창조되지 않은 것으로 여겨지기 때문이다. 따라서 작가가 그 자신의 '작품', 곧 그 존재 양태가 '즉자'인 작품, 작가 자신의 '이름'이 각인되지 않은 '작품', 따라서 '익명'이라는 특징을 가진 작품을 독자에게 증여하는 경우, 작가는 독자의 주체성, 자유, 초월을 파괴하지 않으면서 진정한 인간관계를 맺게 되는 것이다. 그리고 사르트르의 체계에서 이와 같은 인간관계의 정립이 바로 그의 도덕의 정립에 가장 기본적인 토대가 되고 있다.

여기에서 우리는 강력한 반론에 부딪칠 수 있다. 그러니까 아무리 사르트르를 따라 작품이 갖는 '즉자'의 특징을 강조한다 하더라도 이 작품은 어떤 식으로든 '익명의 증여' 대상이 아니라는 반론이 그것이다. 왜냐하면 작가가 쓴 '작품'에는 반드시 그의 '이름'이 표기되어 있기 때문이다. 우리는 이와 같은 반론에 대해서 다음과 같은 사실을 강조하고자 한다. 작가가 주는 작품, 보다 더 정확하게 그의 '이름'이 표시된 '작품'을 독자가 받을 때, 이 이름은 작품의 '익명성'에 아무런 영향을 주지 못한다는 사실이 그것이다. 왜냐하면 독자가 작가의 이름이 표시된 작품을 받을 때, 이 이름은 그냥 우연히 작품에 표시되었을 뿐, 그 이상의 의미를 갖지 못하는 것처럼 보이기 때문이다. 마치 우리가 우연히 나뭇잎이 달린 나무를 보듯이, 독자는 그저 작가의 이름이 표시된 작품을 받게 되는 것이다.

가령 첫 작품을 창작해서 그것을 우리에게 주는 신인작가나 이름도 모르는 외국작가의 경우를 생각해 보자. 과연 우리는 이들의 작품을 처음 대하면서 각자의 '작품'의 표지에서 발견하는 각자의 '이름'에 대해 과연 어떤 정보를 가지고 있는가? 우리는 작가들의 작품을 읽어 나가기 시작하면서 비로소 각자의 '이름'에 어떤 의미를 부여하게 되는 것이다. 이처럼 작가의 작품에 포함되어 있는 그의 '이름'은 결국 '텅 비어 있으며', 따라서 독자에 의해 '채워져야 하는' 것으로 보인다. 이런 의미에서 우리는 독자에게 주어지는 작가의 작품이 '익명성'을 가진다고 여기는 것이다. 요컨대 『문학이란 무엇인가』에서 보았던 '쓰기 행위＝증여'라는 등식이 온전히 성립하려면, 이 등식에서 가장 중요한 쓰기 행위의 결과물인 '작품'은 '익명성'을 가져야 하며, 이 '익명성'은 이 '작품'이 존재론적 차원에서 가지는 이중의 마법적인 지위에서 기인하는 것처럼 보인다.

주 석

01 『문학이란 무엇인가』라는 제목으로 단행본이 처음으로 출간된 것은 1964년 갈리마르(Gallimard) 출판사의 "이데(Idées)" 총서에서였고, 그다음에는 같은 출판사의 "폴리오/에세(Folio/Essais)" 총서에서 1985년에 출간되었다. '문학이란 무엇인가'라는 제목은 원래 단행본의 제목이기 이전에 같은 출판사에서 1948년에 출간된 『상황, II(Situations, II)』에서 사용된 것이다. 『상황, II』에는 후일 『문학이란 무엇인가』라는 제목의 단행본에 포함된 이 네 편의 글 말고도 「《현대》지 창간사(Présentation des Temps modernes)」와 「문학의 국유화(La nationalisation de la littérature)」라는 글이 포함되어 있다. 또한 이 두 글을 포함해 『상황, II』에 포함되었던 여섯 편의 글은 모두 《현대》지(1945년 창간호-1947년 7월호)에 실렸던 것이다. 여기서 이렇게 『문학이란 무엇인가』에 대한 서지 사항을 자세하게 소개하는 이유는 『상황, II』와 『문학이란 무엇인가』가 종종 같은 책으로 오인되기 때문이다. 「《현대》지의 창간사」라는 글에서 사르트르의 '참여문학'이 지향하는 바가 함축적으로 잘 나타나 있기는 하다. 따라서 『문학이란 무엇인가』를 다룰 때 항상 이 글에 대해 먼저 설명을 하는 것이 관례처럼 되어 있다. 하지만 이 글은 엄밀한 의미에서 『문학이란 무엇인가』의 일부는 아니라는 점을 밝혀 둔다.

02 이 저서에 대해 국내에서 행해진 기존 연구는 풍부한 편이다. 그중 주요한 것들을 열거하면 다음과 같다. 이동렬, 「참여 문학론의 의미」, 김치수·김현 편, 『사르트르의 문학적 세계』, 문학과지성사, 현대의 문학이론

14, 1991; 박정자, 「언어의 사물성과 도구성」, 「참여문학의 미학적 고찰」 (http://deer.sangmyung.ac.kr/~cjpark); 심정섭, 「『문학이란 무엇인가』를 어떻게 읽을 것인가」, 『현대비평과 이론』, 한신문화사, 1994, 제4권 1호; 변광배, 『사르트르의 참여문학론』, 살림, 살림지식총서 245, 2006 등이 있다. 그리고 정명환의 『문학을 찾아서』(민음사, 1994)의 제1부인 "사르트르의 문학참여론에 대한 비판적 고찰"(제1장─「문학이란 무엇인가」에서의 참여, 제2장─시의 정치적 참여, 제3장─말라르메와 깊은 참여, 제4장─의의를 통한 참여)은 사르트르의 참여문학론을 『문학이란 무엇인가』이후까지 다루면서 이 저서가 갖는 의미를 종합적으로 제시하고 있음과 동시에 이 문학론의 총체적 모습을 제시하고 있다.

03 사르트르는 『존재와 무』에서는 물론이거니와 『변증법적 이성비판』에서도 우리 모두가 사는 사회를 '지옥'으로 규정하고 있다. 『존재와 무』에서는 '나'와 '타자' 사이의 관계가 갈등과 투쟁으로 귀착된다. 극작품 『닫힌 방(Huis clos)』에서 볼 수 있는 "타인, 그것은 곧 지옥이다(l'enfer, c'est les autres)"라는 대사는 이와 같은 갈등과 투쟁을 극명하게 보여 준다. 『변증법적 이성비판』에서도 역시 인간들 사이의 관계는 지옥으로 규정된다. 우연적 요소이긴 하지만 자원의 '희소성(rareté)'과 '다수의 인간들(pluralité des hommes)'의 존재, 그리고 '실천적 타성태(le pratico-inerte)'를 바탕으로 정립되는 인간들 사이의 관계는 『존재와 무』에서와 마찬가지로 갈등과 투쟁으로 이어진다는 것이 사르트르의 주장이다.

04 사르트르는 『존재와 무』의 결론 부분의 한 주(註)에서 이 저서 다음에 '도덕'을 주제로 한 저서가 이어질 것이라고 내다보고 있다. 『도덕을 위한 노트』는 이 작업의 일환이다.

05 Jean-Paul Sartre, *Situations, II*, Gallimard, 1948, p.58(이하 이 책은 SII 로 약기함). 『문학이란 무엇인가』, 민음사, 정명환 옮김, 세계문학전집 9, 1998, p.10 참조(이하에서 『문학이란 무엇인가』에 대해서는 정명환의 번역본을 이용하며 필요한 경우 수정했음).

06 『상황, II』에 실려 있는 「문학이란 무엇인가」 부분은 '돌로레스(Dolorès)' 에게 헌정되었다. 돌로레스는 사르트르의 연인으로, 그가 1945년에 미국을 방문했을 때 알게 된 돌로레스 바네티(Dolorès Vanetti)이다. 돌로레스는 사르트르의 평생의 연인이었던 보부아르(S. de Beauvoir)도 두려워했던 여자로 알려져 있으며, 보부아르의 『사물의 힘(La Force des choses)』에 M으로 등장한다.

07 「작가와 그의 시대(Der Schrifsteller und seine Zeit)」라는 제목으로 『전망 (Die Umschau)』(no I, September 1946)에 실렸던 이 글은 『문학이란 무엇인가』의 일부로 쓰였으나 이 저서에 포함된 적이 없다(Michel Contat, Michel Rybalka, Les Ecrits de Sartre, Gallimard, 1970, pp.152-153).

08 이 강연문은 후일 프랑스어로 번역되어 프랑스 내에서도 출판되었으며, 1998년 베르디에(Verdier) 출판사에서 같은 제목의 단행본으로 출간되기도 했다.

09 「자기 시대를 위해 쓰기」라는 글은 「《현대》지 창간사」와 유사한 내용을 너무 많이 담고 있어 『문학이란 무엇인가』에 포함되지 못했을 것이라는 평을 받고 있다(같은 책, p.153). 그리고 「작가의 책임」의 주요 내용은 「《현대》지 창간사」를 넘어 벌써 『문학이란 무엇인가』에서 다뤄지고 있는 주요 내용, 가령 작가의 책임, 시와 산문의 구별, 인간의 자유에 대한 계속되는 단언 등의 내용을 담고 있다(같은 책, pp.157-158).

10 Jean-Paul Sartre, Présentation des Temps modernes, in SII, p. 9.

11 사르트르의 저작에서 'tout', 'totalité', 'totalement' 등의 번역어로 '전체', '전체성', '전체적으로'와 '총체', '총체성', '총체적으로'가 가능할 것이다. 실제로 'totalité'의 경우에는 '총체성'이라는 번역어가 더 많이 쓰이고 있기도 하다. 하지만 경우에 따라서 이 두 번역어의 사용이 가능한 것으로 보이며, 실제로 철학사전에서도 이 두 번역어를 같이 소개하고 있다. 이 책에서는 주로 '전체'라는 의미를 강조하는 번역어를 사용했음을 밝힌다. '총체'라는 번역어와 관련하여 사르트르는 'l'ensemble'이라는 단어를

사용하고 있기도 하다. 따라서 'tout' 계열의 용어들에 '총체' 계열의 번역어를 사용하는 경우 혼란의 여지가 없지 않다.

12 같은 책, pp.22-23.

13 이와 관련하여 다음과 같은 한 가지 오래된 오해를 불식시키고자 한다. 사르트르가 참여문학론을 주창하는 과정에서 문학의 참여적 내용만을 강조한 나머지 문학작품의 질적인 면을 도외시했다는 오해가 그것이다. 하지만 사르트르는 이와 같은 오해와는 정반대로 「《현대》지 창간사」를 통해 '참여'가 '문학'을 훼손시켜서는 안 된다는 점을 분명하게 지적했다. "우리와 같은 관심에서 우러나오고 또한 문학적 가치를 지닐 수 있는 원고라면 그것이 어디에서 오건 우리는 기꺼이 받아들일 것이다. 나는 다시 한 번 말해 둔다. '참여문학'은 결코 '참여' 때문에 문학 그 자체를 망각함을 의미하지 않는다는 것을."

14 '언어'를 사용한다는 표현은 '시'와 '산문'을 구별할 때 폐기 처분된다. 시인과 산문가가 언어를 대하는 태도 사이에는 근본적인 차이가 있다는 것이 사르트르의 견해이기 때문이다. 다만 여기서 이 표현을 사용하는 이유는 문학과 회화, 음악 등과 같은 예술 장르의 차이점을 부각하기 위함이다.

15 Jean-Paul Sartre, Qu'est-ce qu'écrire?, *in* SII, p.59.

16 사르트르의 사유에서 '존재한다(être)'와 '실존한다(exister)'는 엄밀하게 구별된다. 전자는 '즉자'의 방식으로 존재하는 사물에게 적용되고, 후자는 '대자'의 방식으로 존재하는 사람에게 해당한다. 여기서 색채나 음조가 그냥 그 자체로 '존재하는' 사물이라는 것은, 이것들의 존재 방식이 '즉자'의 방식에 가깝다는 것을 의미한다.

17 Jean-Paul Sartre, *L'Etre et le néant: essai d'ontologie phénoménologique*, Gallimard, coll. Bibliothèque des idées, 1943, pp.29-30(이하 이 책은 EN으로 약기함).

18 Jean-Paul Sartre, Qu'est-ce qu'écrire?, *in* SII, p.61.

19 같은 책, 같은 곳.

20 같은 책, p.63.

21 같은 책, 같은 곳.

22 같은 책, p.64.

23 Martin Heidegger, *L'Etre et le temps*, Gallimard, coll. Bibliothèque de philosophie (Série Martin Heidegger), 1986, p.109.

24 이기상, 『하이데거의 실존과 언어』, 문예출판사, p.77.

25 Jean-Paul Sartre, Qu'est-ce qu'écrire?, *in* SII, pp.70-71.

26 같은 책, p.60 참조. 그리고 이와 같은 '멈춰 서는 행위'가 없다면, 다시 말해 '도구'로서의 유리를 '사물'로서의 유리로 지각, 인식하는 행위가 없다면 시를 쓰는 행위, 곧 예술 행위는 결코 없다는 것이 사르트르의 주장이다.

27 같은 책, p.64.

28 같은 책, p.68.

29 사르트르가 이처럼 '산문'만을 참여의 대상으로 삼은 것은 『문학이란 무엇인가』를 관통하는 엄격한 논리를 훼손하지 않기 위함일 수도 있다. 다시 말해 '시' 역시 참여문학으로 기능할 수 있으며, 그것도 산문보다 더 효과적으로 기능할 수도 있다는 논리의 싹을 「쓰는 것은 무엇인가」에서 찾아볼 수 있기 때문이다. 그것이 바로 '실패(échec)'를 통한 참여이고, '지는 것이 이기는 것'이라는 이른바 "패자승(Qui perd gagne)"이론이다. 이와 관련하여 사르트르는 도구로서의 산문의 언어는 "성공"으로 참여하고, 사물로서의 시의 언어는 "실패"로서 참여한다고 주장한다. 의사소통을 최종 목적으로 하는 산문의 언어에서 그 유용성과 도구성이 빠져나가게 되면 남는 것은 언어의 사물성이고, 이것이 곧 시의 언어이다. 그런데 시의 언어는 의사소통 불가능성을 지향하고, 따라서 근본적으로 실패할 수밖에 없는데, 이와 같은 실패를 통해 이 언어의 실재성과 개별성을 되찾게 된다는 것이다. 그러니까 시인은 더 많이 실패하면 실패할

수록 더 많이 성공한다는 "패자승"의 논리가 성립하게 되는 것이다. "시에 있어서는 패자가 곧 승자이다. 그리고 진정한 시인은 승리하기 위해 죽음에 이르기까지 패배하기를 선택한 사람이다." 사르트르의 이와 같은 주장은 후일 말라르메론, 주네론, 특히 플로베르를 다루고 있는 『집안의 천치(*L'Idiot de la famille*)』에서 구체화된다.

30 Jean-Paul Sartre, Qu'est-ce qu'écrire?, *in* SII, p.71.

31 같은 책, p.73.

32 같은 책, p.74.

33 앞에서도 지적한 바 있지만, 사르트르가 『문학이란 무엇인가』에서 참여 문학을 주장한다고 해서 그가 문학작품의 질적 문제, 형식의 문제, 특히 문체(style)의 문제를 등한히 한다고 생각하면 안 된다. 사실 사르트르는 「쓴다는 것은 무엇인가」에서 '문체'와 형식, 기법 등의 문제 역시 거론한다. 하지만 산문작가의 경우 "문체는 눈에 띄지 말아야" 하고, "미적 쾌감은 말하자면 덤으로 올 때에만 순수"하다는 것이다. 또한 산문에서는 주제를 먼저 생각하고 그다음에 거기에 알맞은 "새로운 언어와 새로운 기법"을 찾아야 한다는 것이다(같은 책, p.75, p.76).

34 작가의 '사후의 영광' 문제에 대해서 사르트르 역시 큰 관심을 보인다. 다음 장(章)에서 곧바로 살펴볼 것이지만, 사르트르에게 쓰기 행위를 지배하는 동기 중 가장 중요한 것이 바로 이 '사후의 영광'의 문제라고도 할 수 있다. 다만 사르트르에게는 이 '사후의 영광' 문제와 문학의 사회적 기능, 곧 참여문학론의 조화로운 결합이 문제가 된다고 할 수 있다. 이 문제에 대해서는 보론 1에서 상세하게 다루고자 한다.

35 Jean-Paul Sartre, *La Nausée*, in *Œuvres romanesques*, Gallimard, coll. Bibliothèque de la Pléiade, 1981, p.155(이하 이 작품은 LN으로 약기함).

36 프로이트(S. Freud)의 정신분석을 비판적으로 수용해서 정립된 '실존적 정신분석'은 후일 『방법의 문제(*Questions de méthode*)』에서 마르크스(K. Marx)의 사유와 결합되어 "전진-후진적 방법(méthode progressive-

régressive)"로 확대된다.

37 Jean-Paul Sartre, Pourquoi écrire?, *in* SII, p.89.

38 같은 책, 같은 곳.

39 같은 책, pp.89-90.

40 이것은 사르트르의 사유에서뿐만 아니라 서구철학 전체에서 통용되는 것으로 보인다. Lalande (André), *Vocabulaire technique et critique de la philosophie*, PUF, 1960, p.302 참조.

41 EN, p.665.

42 같은 책, pp.664-665.

43 같은 책, p.667.

44 같은 책, p.679.

45 같은 책, p.682.

46 흑인 여가수와 그녀가 부른 노래의 작곡자를 가리킨다.

47 LN, p.209.

48 같은 책, p.210.

49 Jean-Paul Sartre, Pourquoi écrire?, *in* SII, pp.90-91.

50 EN, p.324.

51 Jean-Paul Sartre, *Cahiers pour une morale*, Gallimard, coll. Bibliothèque de philosophie, 1983, p.135(이하 이 책은 CPM으로 약기함).

52 같은 책, p.128.

53 작가가 쓰기 행위를 하면서 자유 상태에 있다는 것은 분명하다. 아니, 보다 근본적으로 그는 자유 상태에 있어야만 한다. 그렇지 않은 경우, 그의 쓰기 행위는 부정성, 이의제기 능력을 제대로 발휘하지 못할 것이기 때문이다. 이것은 사르트르의 참여문학론을 위시해 모든 문학론의 가장 중요한 요건에 해당한다고 할 수 있다.

54 Jean-Paul Sartre, Pourquoi écrire?, *in* SII, p.93.

55 같은 책, 같은 곳.

56 사르트르는 '의미(signification)'와 '의의(sens)'를 구별한다. 그에 따르면 한 작품의 '의미'는 이 작품에 들어 있는 단어들 하나하나의 부분적 차원에서 파악되는 반면, 이 작품의 '의의'는 이 작품 전체의 종합적 차원에서 파악되는 것으로 이해된다. 이 차이를 더 잘 이해하기 위해 강가에 나룻배가 한 척 있다고 해보자. 이 배를 보고 '아, 나룻배가 손님을 기다리고 있구나'라고 하면 이것은 '의미'에 해당하고, 나룻배에 얽힌 사연들, 가령 연인들 사이의 안타까운 이별이라든가, 어떤 한 지방의 향토적인 분위기 등을 떠올리는 것은 '의의'에 해당한다고 할 수 있다. 그러니까 언어학적이나 기호학적으로 보아 '의미'는 '외시(外示, dénotation)'에 해당하고, '의의'는 '함의(含意, connotation)'에 해당한다고 할 수 있을 것이다.

57 같은 책, p.94.

58 독자의 읽기 행위 역시 '창조'로 이해되기 때문에 작가의 읽기 행위에 적용되는 모든 것이 그대로 적용된다. 그러니까 독자도 작가의 작품을 읽으면서 그의 '읽기 행위의 결과물'을 소유하면서 '대자-즉자'의 결합 상태를 구현할 수 있어야 한다. 이를 위해서는 당연히 '독자의 읽기 행위의 결과물'은 누군가의 협력에 의해 객체화되어 즉자적인 면모를 띠어야 할 것이다. 앞에서 보았듯이, 작가의 경우에는 이 협력의 역할을 독자가 담당해 주었다. 그런데 독자의 경우에는 이 협력의 주체가 작가가 될 수 있다. 작가는 그의 '의도(intention)'에 비추어 독자의 독서 행위의 결과물, 곧 이 독자가 수행한 이 작가의 작품의 '의의' 파악이 잘 되었는지의 여부를 확실하게 판가름할 수 있기 때문이다. 이 점에 대해서는 곧이어 다시 자세하게 살펴볼 것이다.

59 같은 책, p.95.

60 같은 책, p.96.

61 CPM, p.285.

62 Jean-Paul Sartre, Pourquoi écrire?, in SII, pp.98-99.

63 같은 책, p.97.

64 같은 책, p.101.

65 같은 책, p.98.

66 사르트르에게 '증여'와 '관용'은 동의어로 여겨진다. '관용'에 해당하는 프랑스어 단어인 'générosité'는 '관용', '너그러움', '후한 인심' 등과 같은 용어로 번역될 수 있으나 여기서는 '관용'으로 통일시키기로 한다.

67 같은 책, p.109.

68 '포틀래치'는 미국 북서부 콜럼비아강 유역에 사는 아메리카 인디언족인 치누크족의 언어인 치누크(chinook)어로 '식사를 제공하다' 또는 '소비하다' 등의 뜻을 가지고 있다.

69 EN, p.684.

70 같은 책, pp.684-685.

71 CPM, p.137.

72 보론 2에서 이와 같은 증여를 '익명의 증여'로 규정하고, 그 특징과 의미를 좀 더 자세히 살펴볼 것이다.

73 Jean-Paul Sartre, Pourquoi écrire?, *in* SII, p.105.

74 같은 책, p.125.

75 Jean-Paul Sartre, Pour qui écrit-on?, *in* SII, p.162 참조. 사르트르는 실제로 「누구를 위해 쓰는가」라는 글에서 '작가-독자'의 관계를 중심으로 그 나름의 짧은 불문학사를 쓰고 있기도 하다(같은 책, pp.117-214).

76 Jean-Paul Sartre, Pourquoi écrire?, *in* SII, pp.107-108.

77 같은 책, p.111.

78 Jean-Paul Sartre, *Les Mots et Autres écrits autobiographiques*, Gallimard, coll. Bibliothèque de la Pléiade, 2010, p.138. 또한 사르트르는 『말』의 출간 이후에 있었던 한 인터뷰를 통해 『구토』가 아프리카 대륙에서 굶어 죽어 가는 어린아이들에게 아무런 의미도 갖지 못한다는 사실을 비장하게 토로한 바 있다("Jean-Paul Sartre s'explique sur *Les Mots*", *Le Monde*, le 18 avril 1964, Jacqueline Piatier와의 인터뷰).

79 2014년 5월부 2016년까지 4월까지 우리는 한국연구재단의 지원을 받아
    "'앙가주망'에서 '디아포라'로 : 사르트르, 들뢰즈·과타리, 바르트의 문학
    사용법"이라는 주제로 연구 프로젝트를 수행 중에 있음을 밝힌다.
80 같은 책, pp.105-106.
81 Jean-Paul Sartre, Qu'est-ce qu'écrire?, in SII, p.78.
82 EN, p.628.
83 CPM, p.383.
84 강조는 원저자의 것.
85 같은 책, p.487.
86 사르트르는 '작품' 개념을 다음과 같은 두 가지의 넓은 의미로 사용하고
    있는 것처럼 보인다. 첫째, 작품은 '내'가 살아가면서(실존하면서) 직접
    창조해 낸 것의 총체이다. 이 경우 작품은 '나의 삶', 곧 '나 자신'이 될 것
    이다. 둘째, 작품은 또한 내가 '세계-내-존재'의 자격으로 이 세계와 관
    계를 맺으면서 창조해 낸 결과물이라고 할 수 있다. 보다 구체적으로 이
    경우에 작품은 '학문적 성과'나 '예술작품' 등이 될 것이다. 따라서 '내'
    가 타자에게 호소하는 경우 '나'는 구체적으로 '나 자신'이나 내가 이룬
    '학문적 성과'나 또는 내가 창작한 '예술작품'을 매개로 타자에게 호소하
    는 것이다. 우리가 앞에서 살펴본 대로, 사르트르는 실제로 이 두 가지
    작품 가운데 두 번째 형태를 『문학이란 무엇인가』에서 구체적으로 다루
    고 있다.